अरमानों के पंख

गोविंद पंडित

समर्पण

नन्ही परी

आद्या चेतन

को

क्रम-सूची

प्रस्तावना

मैंने गोविंद पंडित जी का 'अलबेलिया' कहानी संग्रह पहले देखा था। इधर वे दुगुने उत्साह के साथ 'अरमानों के पंख' कहानी संग्रह के साथ अपने पाठकों के भावजगत को विचारों की किरणों द्वारा आलोकित करना चाहते हैं। गोविंद जी की कहानियाँ मात्र जीवन खंडों का सम्प्रेषण न होकर उनमें निहित अर्थों या मूल्यों की खोज है, जो अनेक स्तरों पर घटित होती है। विषयों का चयन, समस्याओं का चुनाव, देश-काल-परिस्थिति के अनुरूप चित्रण और पात्रों के मानसिक संरचना करने के लिए गोविंद जी का जीवन अनुभव, समसामयिक मूल्यों के साथ गहरा संबंध बनाए हुए है। अपने समय की केंद्रीय स्थितियों की अभिव्यक्ति और बदलते परिदृश्यों के साथ निरंतर परिवर्तित होते जाने की अपेक्षा से ही नए होते रहने की बात उनकी कहानियों में जुड़ती चली गई है।

इस संग्रह में 'अनहोनी का डर', 'लाल टमाटर', 'अरमानों के पंख', 'इंसाफ', 'अपनी माटी', 'जुर्म की सजा', 'बढ़ता फासला', 'भंवर टूट न सका', 'कुछ तो गोलमाल है', 'तेरी चाहत यह मुकाम दे गई', 'परिधान', 'अपना फ़र्ज', 'एक डगर धुंधली-सी', 'संस्कार अपना-अपना' और 'विजयी भवः कोरोना' जैसी कुल पंद्रह कहानियों को स्थान दिया गया है। कोरोना काल की दुश्वारियाँ हो या खेल जगत की चुनौतियां, पारिवारिक समस्याएं हों या निजी जीवन के अरमान, परिवेशगत संस्कार हो या अपनी मिट्टी से गहरा लगाव, इंसाफ की बुनियाद हो या जुर्म के मनोवैज्ञानिक तनाव विविध आयामी भावों का सामासिक उद्वेलन है यह कहानी संग्रह। लोक-आग्रह और खुले जीवन के प्रति सकारात्मक सोच की असंख्य प्रतिच्छवियाँ इनकी कहानियों में देखी जा सकती है। मेरा विश्वास है कि पाठक इन कहानियों से गुजरते हुए इस बात की पुष्टि करेंगे कि "जब सर्जक जीवन के अपने सही स्त्रोत से जुड़कर जीवन के एक हिस्से को कहानी के माध्यम से जीवन-मूल्य को आकार देता है, तो वह निश्चय ही उसके सृजनधर्मिता को और अधिक प्राणवान, विश्वसनीय, प्रामाणिक एवं असरदार बना देता है।"

भाषा की मर्यादा को बनाए रखने वाले दायित्वों का निर्वहन करते हुए कहानीकार सकारात्मक सोच का नया क्षितिज निर्मित करने के लिए कटिबद्ध दिखायी देता है, इस संग्रह को पढ़ते हुए आप ऐसा अनुभव करेंगे।

डॉ. सुशांत कुमार
असिस्टेन्ट प्रोफ़ेसर
विश्वविद्यालय हिंदी विभाग
बाबा साहब भीमराव अंबेडकर बिहार
विश्वविद्यालय,मुजफ्फरपुर, बिहार
(पूर्व प्रबंधक-राजभाषा, पंजाब नैशनल बैंक एवं
पूर्व सहायक जिला योजना पदाधिकारी, बिहार सरकार)

भूमिका

कहानियाँ गढ़ी जाती हैं, लिखी जाती हैं। उनके पात्र अलग-अलग, भूमिकाएँ अलग-अलग, यहाँ तक की विषय वस्तु भी जुदा-जुदा परंतु, एक चीज जो हर कहानी में समान रूप से उपलब्ध रहती है वह है रचनाकार के व्यक्तित्व का प्रतिबिंब। कोई कुछ भी कह ले परंतु इस बात को मेरी निश्छल आत्मा कभी स्वीकार नहीं कर पाती कि कोई भी रचना रचनाकर के व्यक्तित्व से एकदम परे बन पाती हो। हाँ, कहीं कम तो कहीं ज्यादा मगर इसकी झलक अवश्य मिलती है।

'अलबेलिया' कहानी संग्रह छपने के बाद मैंने उसे कई बार पढ़ा और आज भी जब उसकी किसी कहानी को पढ़ता हूँ तो लगता है कि इस पर और बेहतर कहानी बन सकती थी। मन की इसी कसक को दूर करने के प्रयास में कुछ और कहानियाँ लिख डाली। अब तसल्ली इस बात की होने लगी कि कहानियाँ अच्छी बनने लगी है। इसका प्रत्यक्ष प्रमाण आपको मेरी इस पुस्तक 'अरमानों के पंख' में देखने को अवश्य मिल जाएगा। इस पुस्तक की सभी कहानियाँ अलग-अलग पृष्ठभूमि पर गढ़ी गई हैं। उनके पात्र अलग-अलग भूमिका में नज़र आएंगे परंतु, वे सभी कहीं-न-कहीं अपने हिस्से का संघर्ष करते हुए नज़र आएंगे और इस बात को प्रमाणित करने का प्रयास करेंगे कि संघर्ष ही जीवन का रसदार अंश है। बिना संघर्ष का जीवन किसी चूसे हुए चुइंगम की तरह हो जाता है जिसे आप दांतों तले दबाकर लंबे समय तक चबा तो सकते हैं मगर उसका स्वाद कुछ नहीं मिलता।

अपनी बात यहीं ख़त्म नहीं होती। लेखन और इसके प्रकाशन में सहयोग एवं प्रेरणा प्रदान करने के लिए अपनी धर्मपत्नी अंजु का आभार प्रकट करता हूँ जिसका सानिध्य ही मेरी ऊर्जा का प्रमुख स्रोत है और जिसकी प्रेरणा से मैं अनवरत लेखन कार्य से जुड़ा रह पाता हूँ। बिटिया आद्या जिनकी निश्छल बाल-क्रीड़ाओं से अभिभूत होकर रचनात्मक कार्य करने के लिए प्रेरित होता हूँ। कहीं-न-कहीं मेरे वास्तविक जीवन के इन दोनों प्रमुख पात्रों के त्याग, बलिदान एवं समर्पण का ही प्रतफल

है कि आज मैं इधर-उधर बिखरी अपनी रचनाओं को एक पुस्तक का आकार प्रदान करने में समर्थ हो पाया हूँ।

अपने माता-पिता, स्वजन, प्रियजन एवं गुरुजनों के आशीर्वाद के बिना यह कार्य संभव नहीं था, अतः उन सभी के प्रति मेरा हृदयतल से आभार।

मेरी कहानियाँ पढ़ने एवं उस पर अपना आलेख प्रदान करने के लिए मित्र डॉ सुशांत जी का मैं विशेष आभार प्रकट करता हूँ। साथ ही, अपने मित्र प्रमोद कुमार का मैं आभारी हूँ जिन्होने पुस्तक के कवर पृष्ठ के लिए सार्थक पेंटिंग तैयार की। अपने सहयोगी शमशाद आलम को प्रूफ़रीडिंग में सहयोग प्रदान करने के लिए धन्यवाद देता हूँ।

1

अनहोनी का डर

लोकनाथ बाबू सरकारी स्कूल के रिटायर्ड शिक्षक थे। उम्र थी लगभग पैंसठ। गाँव में एक आलीशान मकान था और जमीन जायदाद भी अच्छी ख़ासी। समाज में धाक भी उसी अनुपात में। दो वर्ष पूर्व पत्नी स्वर्ग सिधार चुकी थी। उनके दो बच्चे थे – बेटा सनोज, जो आस्ट्रेलिया में नौकरी करता था और सपरिवार वहीं रहता। बेटी निमी दिल्ली में रहती थी। उसके पति ब्यूरोक्रेट थे। सब अपने-अपने ढंग से सेटल्ड। लोकनाथ बाबू को कोई चिंता नहीं। बस, गाँव में ही रह कर आराम से जीवन बीता रहे थे। सुकून-चैन वाली जिंदगी। हाँ, पत्नी के देहांत के बाद जीवन थोड़ा बदरंग जरूर हो गया था और कभी-कभी एकाकीपन सालने भी लगा था परंतु, उनकी जिजीविषा के आगे हर कोई नतमस्तक हो जाता। निराशा का भाव मन को छू भी नहीं पाता। वर्षों से घर में एक फुल टाइम नौकर रहता। नाम था गोंदु। वह नौकर कम उस घर का सदस्य ज्यादा जान पड़ता। पत्नी के गुजरने के बाद लोकनाथ बाबू पूरी तरह से गोंदु पर ही आश्रित हो गए थे। बेटा विलायत में तो बेटी परदेश रहती। उनके लिए तो नौकर ही सबसे बड़ा सहारा था। गोंदु था भी खूब वफादार। बेटे से कहीं बढ़कर वह मालिक का ख्याल रखता। बेटा कई बार लोकनाथ बाबू को अपने साथ आस्ट्रेलिया ले जाने का प्रस्ताव रख चुका था परंतु, वे कभी इसके लिए राजी नहीं हुए। गाँव में ही रहना उन्हें ज्यादा भाता। यहाँ आजादी भरी जिंदगी जीने का अहसास होता। शहरों में तो हर चीज के

लिए दूसरों पर निर्भरता। ऐसी पराधीन वाली जिंदगी उन्हें कभी रास नहीं आई। हाँ, आबोहवा जानने के लिए वे एक-दो बार बेटे संग आस्ट्रेलिया जरूर हो आए थे। परंतु, वहाँ रहने की बात होते ही वे साफ कह देते – 'देख बेटा! मैं ठहरा गाँव का आदमी। विलायत तुम्हारे लिए अच्छा हो सकता है परंतु, मेरे लिए वह छुट्टियाँ बिताने की सही जगह मात्र है। जीने के लिए तो मेरा गाँव ही मेरे लिए स्वर्ग है।' इस पर बेटा एकदम निरुत्तर होकर रह जाता। बेटा भी अपनी ओर से यह दम्भ पाले रहता कि हम भले ही दूर रहते हैं परंतु, आधुनिक टेक्नोलोजी ने तो पूरे संसार को एक गाँव बना दिया है। हम पृथ्वी के चाहे जिस भी कोने में रहें जरूरत पड़ने पर बस चंद घंटों का सफर और हम पहुँच जाएंगे अपने द्‌वार पर।

जीवन अनिश्चितता से भरा है। कब, कहाँ और क्या कुछ हो जाए कोई नहीं जानता। विश्वभर में अपना कहर ढा चुकी कोरोना महामारी ने इस बात को एकदम सच साबित कर दिखाया है। विपत्ति कब, कहाँ और किस रूप में आ धमकेगी किसी को नहीं पता। विज्ञान चाहे जितनी भी प्रगति कर ले परंतु, प्रकृति के सामने उसका अस्तित्व हमेशा बौना था और बौना ही रहेगा।

बात उस समय की है जब कोरोना का कहर फैलते ही सभी देशों ने अपनी-अपनी सीमाएं सील कर दी। आवागमन के सारे साधन बंद कर दिए गए। सम्पूर्ण विश्व को एक गाँव समझने वालों का दम्भ अचानक चूर-चूर हो गया। लोग चाहकर भी एक स्थान से दूसरे स्थान तक आना-जाना नहीं कर सकते थे। इसका प्रभाव लोकनाथ बाबू पर भी पड़ा। बेटा आस्ट्रेलिया में और बेटी दिल्ली में। चाहते हुए भी उनसे कोई मिलने नहीं आ सकता था। सभी अपनी-अपनी जगह कैद होकर रह गए। महीनों तक यही सिलसिला चला। लोकनाथ बाबू भी किसी तरह समय गुजारते रहे। इस दौरान स्वास्थ्य में भी थोड़ा-बहुत उतार चढ़ाव आया। परंतु, खुद किसी तरह संभलते गए। बुरा दौर भी गुजरने लगा। देश में कोरोना का प्रभाव भी कम होने लगा। सबकुछ सामान्य होने की आस बढ़ने लगी। लोग आवागमन के लिए अपनी-अपनी भावी योजनाएँ भी तैयार करने लगे। सनोज और निमी ने भी आगामी जून में पापा से मिलने की योजना बना ली थी। इधर कोरोना भी शहरों को यथाशक्ति हिला-डुलाकर लौटने

लगा था। गाँव इसकी चपेट से लगभग अछूता रह गया। गांवों में इक्का-दुक्का मामला अवश्य आया परंतु, वह भी शहरों से गाँव लौटे लोगों तक ही सीमित रहा। बाकी लोग इसके संक्रमण से बचे रहे।

धीरे-धीरे जीवन की गाड़ी पटरी पर लौटने लगी। उस पर सवार होकर लोग अपने-अपने कामों पर लौटने लगे। सरकारी दफ़्तर भी खुलने लगे थे। कल-कारखानों में कामकाज शुरू हो चला था। लोग घर से बाहर निकलने लगे। जिंदगी एक बार फिर मुस्कराने लगी। मन पंछी नीले आसमान में उड़ान भरने के लिए तैयार हो चला था। ठीक उसी समय नियति ने करवट बदली और देखते ही देखते कोरोना की दूसरी लहर ने दस्तक दे दी। खुलकर खिलखिलाने से पहले ही जिंदगी पर एक बार फिर ग्रहण का साया मंडराने लगा। कोरोना के संक्रमण ने पूरी रफ्तार पकड़ ली। संक्रमण का ग्राफ बड़ी तेजी के साथ बढ़ने लगा और कुछ ही दिनों में पूरा का पूरा देश एक बार फिर कोरोना की चपेट में आ गया। इस बार की स्थिति दिनोंदिन भयावह बनती जा रही थी। संक्रमण से लोग धड़ाधड़ मरने लगे थे। कोरोना ने दबे पाँव गांवों में भी दस्तक दे डाली। लोग कुछ समझ पाते इससे पहले ही गांवों में दनादन लाशें गिरने लगी। क्या बूढ़ा और क्या जवान हर कोई इसका शिकार बनता जा रहा था।

लोकनाथ बाबू का धैर्य इस बार जवाब देने लगा। कोरोना का डर उसे भी सताने लगा था। सताये भी तो क्यों नहीं। हर दिन आस-पड़ोस के गांवों से कोरोना संक्रमण के कारण लाशें उठने की खबर मिलने लगी थी। कुछ जान-पहचान वाले तो कुछ नाते-रिश्तेदारों के मरने का समाचार आने लगा था। कोरोना काल बनकर कब किसको अपना शिकार बना ले कहना मुश्किल। इस अदृश्य काल का ख़ौफ़ गहराता जा रहा था। टीवी पर न्यूज खोलता तो हर जगह दिल को दहलाने वाली तस्वीरें दिखाई पड़ती। अखबार में भी कमोवेश वैसा ही हाल था। आसपास की खबरें उसे गोंदु से मिल जाती। किसका बेटा, किसकी बहू, किसके पति तो किसका पोता कोरोना का शिकार हुआ वह सबकुछ अपडेट करता रहता। दिल जब घबरा उठता तो लोकनाथ बाबू अपने बच्चों से फोन पर बातें कर लेते। बच्चे भी उन्हें सतर्क व सुरक्षित रहने और विशेषकर न्यूज चैनलों से परहेज करने की सलाह हमेशा दे जाते।

उस दिन शाम को गोंदु हड़बड़ाते हुए आया। ताजा खबर सुनाते हुए बोला – "मालिक! कल शाम को सुखना का बाप मर गया।"

चौंकते हुए लोकनाथ बाबू ने पूछा – "कैसे ?????"

"कुछ नहीं, बस दो दिनों से हल्का बुखार चल रहा था। कल शाम को अचानक तबीयत बिगड़ी तो उसका बेटा डॉक्टर लाने के लिए भागा। डाक्टर के घर पहुँचने से पहले ही उसने दम तोड़ दिया। मरने के बाद जब जांच हुई तो पता चला कि उसे कोरोना हो गया था।" – गोंदु ने मुरझाए मन से सबकुछ सांस भर में ही सुना दिया।

"हे प्रभु! कैसे-कैसे दिन दिखाने लगे आप?" – लोकनाथ बाबू माथा पकड़कर रह गए।

कुछ दिनों से अपने बच्चों की बात मानकर लोकनाथ बाबू ने न्यूज चैनल देखना बंद कर दिया था। परंतु, आज रात को न्यूज चलाने की इच्छा प्रबल हो उठी। टीवी ऑन हुआ और न्यूज खोलकर बैठ गए। एक एक कर हृदयविदारक तस्वीरें नजरों के सामने से गुजरने लगी। गंगा में कई लावारिस लाशें बहती हुई जा रहीं थीं। लोग अपने प्रियजनों को खोकर अस्पतालों के सामने दहाड़ मार कर विलाप कर रहे थे। मरघट में लाशें जलाने के लिए लोगों को घंटों-घंटों भर अपनी बारी का इंतजार करना पड़ रहा था। लाश जलाने वाली लकड़ियों, कफ़न आदि की भी कालाबाजारी की जा रही थी। कहीं-कहीं अपनों की लाशें छोड़कर परिजन चुपके से निकलते हुए दिखाई दे जा रहे थे। ऑक्सीज़न सिलिंडर, दवाई तथा अन्य आवश्यक चिकित्सकीय उपकरणों की खूब कालाबाजारी होने की खबरें चल रही थी। ऐसा जान पड़ रहा था मानो मानव मानव नहीं बल्कि, दानव बनता जा रहा है। धन लोलुपता के वशीभूत इंसानों से इंसानियत मिटती जा रही है। मन विरक्त हो उठा। टीवी बंद कर लोकनाथ बाबू सोने के लिए चल दिए।

सुबह उठे तो सिर हल्का भारी महसूस हुआ। इस ओर कोई खास ध्यान दिए बगैर वे नित्यक्रिया से निपटने के बाद स्नान करने चले गए। स्नान और पूजा-पाठ से निवृत्त होने के पश्चात नाश्ता करने बैठ गए। गोंदु ने दही-पराठा सामने लाकर परोस दिया। बगल में अचार का डिब्बा भी वह रख गया। बड़े चाव से उन्होंने नाश्ता किया और फिर अखबार

थामकर आँगन में लगी कुर्सी पर जा बैठे।

नजरों के सामने से खबरें सरसराकर गुजरती जा रही थीं। उसी समय किसी खबर ने उनका ध्यान बरबस अपनी ओर खींच लिया। वह खबर बगल के एक गाँव की छपी थी। शीर्षक था 'एक सप्ताह के अंदर बाप और जवान बेटे की कोरोना से मौत।' खबर को पढ़ते ही उनका पूरा शरीर भय से काँप उठा। मृत व्यक्ति से उनकी बड़ी घनिष्ठता थी। उसकी मौत हो गई और मुझे पता तक नहीं चला। हे प्रभु! बड़बड़ाते हुए उन्होंने तुरंत नौकर को हांक दी – "गोंदुआ! जरा इधर तो सुन।"

गोंदु झटपट उनके पास भागते हुए आया – "जी मालिक!"

"उपरीबाग (बगल के उस गाँव का नाम) की कोई ख़बर सुनी कि नहीं?"

"कैसी ख़बर मालिक?"

"उस गाँव का हरिया और उसका बेटा कोरोना से मर गया।"

"हाँ, मालिक मुझे पता है। एक हफ्ता पहले बेटा मरा और कल उसका बाप भी मर गया।" - गोंदु ने जवाब में कहा।

"मुझे बताया क्यों नहीं?"

"माफ करना मालिक, सनोज भैया ने इधर-उधर की मौत की ख़बर आपको बताने से मना किया था। इसीलिए ..." - सिर झुकाए गोंदु ने जवाब में कहा।

नौकर वहाँ से चला गया। परंतु लोकनाथ बाबू का धीर मन अचानक अधीर हो उठा। अखबार आगे पढ़ने की इच्छा नहीं हुई। उसे बगल में रख दिया और बहुत देर तक वे हरिया के बारे में सोचते-विचारते रहे। मन जब अत्यंत दु:खी हो गया तो बरामदे में लगे चौकी पर जाकर बैठ गए। कल टीवी पर चल रहे न्यूज की बातें अचानक उन्हें याद हो आई, जिसमें बताया गया था कि अखबार से भी कोरोना के फैलने का खतरा रहता है। उन्होंने गोंदु को हांक देकर एक लौटा गरम पानी और साबुन लाने को कह दिया। थोड़ी देर में पानी और साबुन आया। हाथ-मुंह धोकर वे चौकी पर आराम फरमाने लगे। मन अभी भी अशांत था। कई सारी बातें दिमाग में उमड़ने-घुमड़ने लगी थीं। धीरे-धीरे सिर का भारीपन बढ़ने लगा। मन में कोई अदृश्य भय घर करने लगा। किसी तरह दिन बीत गया। शाम को

टीवी भी नहीं खोल सके। न्यूज देखना तो दूर संस्कार चैनल पर चलने वाले महाराज जी के प्रवचन सुनने का भी साहस नहीं जुटा पाए। रात को भोजन करने के बाद सिर का भारीपन लिये सोने चल दिए।

सुबह जागा तो देखा कि पूरे शरीर में हल्का-सा दर्द महसूस हो रहा है। शरीर से स्फूर्ति नदारद थी। नौकर को हांक दी और वह तुरंत सामने हाजिर। - "जी मालिक।"

"गोंदु! जरा मेरा हाथ देखो तो। शरीर में बुखार तो नहीं है?" - उन्होंने नौकर से कहा और अपना हाथ आगे बढ़ा दिया।

गोंदु तुरंत आगे बढ़ा। उनका हाथ थामकर किसी डॉक्टर की भांति कलाई की नाड़ी देखने लगा। थोड़ी देर बाद वह बोल उठा – "मालिक! नाड़ी तो सही है लेकिन, हल्का बुखार जान पड़ता है।"

"हूँ...हूँ...हूँ, मुझे भी लगा कि बुखार है अंदर-ही-अंदर। और सुनो, आज दोपहर को भात नहीं खाएँगे, रोटी ही बना देना।"

"जी मालिक! अगर ठीक नहीं लग रहा है तो डॉक्टर को बुला लाऊं?" – गोंदु ने आगे पूछा।

"नहीं...नहीं, अभी इसकी जरूरत नहीं है। शाम तक देखते है क्या हाल रहता है।"

"ठीक है मालिक! अगर ज्यादा खराब लगे तो तुरंत बोलिएगा।"

"ठीक है, ठीक है।"

शाम हो गयी। शरीर का तापमान नीचे आ गया था परंतु, स्फूर्ति नहीं मिल रही थी। गले में हल्की खराश भी महसूस होने लगी थी। नौकर ने आकर एक बार फिर हालचाल लिया। सबकुछ ठीक होने की बात कहकर उसे लौटा दिया गया। भोजन-पानी के बाद बिस्तर लगवाकर सोने चल दिए।

सुबह स्थिति और भी नाजुक हो गई। शरीर का तापमान एकबार फिर बढ़ गया था। बीच-बीच में छींक भी आने लगी थी। उन्हें लगा मामला तो कुछ गड़बड़ है। सुबह की चाय ली और सुस्ताने लगे।

मालिक को कुछ ज्यादा अस्वस्थ जानकर नौकर आया और पूछा – "मालिक! आप की तबीयत सही नहीं जान पड़ती है। डॉक्टर को बुला लेता हूँ।"

लोकनाथ बाबू को भी कुछ ऐसा ही महसूस हो रहा था। डॉक्टर को बुला लाने की अनुमति दे ही डाली। साथ ही, एक हिदायत भी दे दी कि अभी इसकी सूचना उनके बच्चों को न दी जाए। नहीं तो बेवजह वे लोग परेशान होते फिरेंगे।

डॉक्टर आया। शरीर का तापमान देखा। तापमान कुछ बढ़ा हुआ था। बाकी और हालचाल लिया फिर कुछ दवाइयाँ देकर वह चला गया। शाम होते-होते बुखार तो चला गया परंतु, अब खांसी आरंभ हो गई थी। तय समय पर दवाइयाँ लेकर सोने चले गए।

अगली सुबह जगे तो देखा मामला और बिगड़ गया है। बुखार और तेज हो गया। बिस्तर छोड़ने का साहस नहीं हो रहा था। नौकर को तुरंत डॉक्टर के पास भगाया। डॉक्टर ने आने से इस बार मना कर दिया। साफ कह दिया कि उन्हें क्लीनिक लेकर चले आओ। पहले कोविड टेस्ट होगी उसके बाद ही आगे का कोई इलाज करेंगे। डॉक्टर की बात सुनकर नौकर की सिट्टी-पीट्टी गुम। अगर कोरोना निकला तो खतरा मालिक से उस तक भी पहुँचने का पूरा चांस। वह भागे-भागे मालिक के पास जा पहुंचा। सांस भर में ही डॉक्टर की सारी बात उन्हें बता दी। दोनों एक-दूसरे को कातर दृष्टि से देखने लगे। दोनों में किसी को कुछ समझ नहीं आ रही थी कि आखिर आगे क्या किया जाए।

लोकनाथ बाबू ने तुरंत बेटे को फोन मिलाया। उसे सारी दास्तान सुनाई। बेटा को चिंता होने लगी। ढेर सारी पूछताछ की गई। पिताजी के बयान के हिसाब से लक्षण सही नहीं लग रहे थे। बुखार, सर दर्द, खांसी, बदन दर्द, कमजोरी, भोजन का स्वाद चला जाना सब कोरोना के ही लक्षण जान पड़ते।

बेटा ने कहा – "पापा! लक्षण तो सभी कोरोना के लग रहे है। लेकिन आप चिंता न करो। कुछ खास बातों को ध्यान में रखना, सब ठीक हो जाएगा। सबसे पहले हमेशा गरम पानी ही लेना। दिन में दो-तीन बार काढ़ा बनवाकर पी लेना। और गोंदु के हाथों मेडिकल दुकान से एक ऑक्सीमीटर और थर्मामीटर भी घर में मँगवा लीजिए। ऑक्सीमीटर से आपका ऑक्सीज़न लेबल का पता चलता रहेगा। 94 से ऑक्सीज़न लेबल अगर कम होता है तो बिना देरी के तुरंत हॉस्पिटल में दाखिल हो

जाइएगा।"

बेटे की बातें सुनकर लोकनाथ बाबू का डर और गहरा गया। डॉक्टर ने कहा और अब बेटा ने भी कह दिया। कोरोना तो पक्का हो गया है मुझे। नौकर को ऑक्सीमीटर, थर्मामीटर, हैंड सेनेटाइजर, मास्क तथा कुछ और चिकित्सकीय उपकरण लाने के लिए तुरंत भगा दिया और खुद जाकर टीवी के सामने बैठ गए। न्यूज चैनल खोला तो वहाँ कोरोना संक्रमण के विभिन्न लक्षण दिखाए जा रहे थे। साथ-ही-साथ उनसे बचने के उपाय भी बताए जा रहे थे। टीवी पर दिखाए जा रहे कोरोना के सारे लक्षण लोकनाथ बाबू में मौजूद थे। उनकी हालत एकदम पस्त होती जा रही थी। ऐसे समय में न बेटा आ सकता था और न ही बेटी। सभी अपनी-अपनी जगह फंसे हुए थे। कुछ अनहोनी होने के भय से ही उनकी आँखों के आगे अंधेरा छा गया।

शाम होते-होते स्थिति एकदम नाजुक बन गई। कुछ शरीर की अस्वस्थता का प्रभाव और कुछ अनहोनी का डर। दोनों का मिश्रित असर कुछ ऐसा रहा कि देर शाम तक ऑक्सीमीटर का रीडिंग 94 तक जा पहुंचा। अब खतरे की घंटी बजने लगी। बेटी को फोन कर हाँफते-हाँफते अपनी हालत की जानकारी दी। बेटी और घबरा गई। पापा के पास जाने की जिद्द मचा बैठी। उनके पति ने बड़ी मशक्कत के बाद उसे किसी तरह समझा-बुझाकर शांत किया। हालात की नाजुकता को देखते हुए उन्होंने तुरंत एम्बुलेंस भिजवाकर अपने ससुर जी को निजदीकी शहर के एक नामी हॉस्पिटल में दाखिला दिलवा दिया। नौकर साथ था। लेकिन उसकी हालत और भी खराब। मालिक को छोड़कर वह कहीं भाग भी नहीं सकता था और उनके साथ रहा तो फोकट में कोरोना से निपट जाने का भय। यही सोच-सोच कर उसका माथा चकराने लगा और वहीं हॉस्पिटल में बेहोश होकर जमीन पर गिर पड़ा। मालिक के साथ-साथ नौकर भी हॉस्पिटल में एडमिट।

सनोज को जैसे ही इसकी खबर मिली कि पापा हॉस्पिटलाइज हो गए हैं उसके शरीर से आधा खून यूँ ही सूख गया। वह भी बेबस और लाचार था। चाहकर भी पापा के पास नहीं आ सकता था। उस वक्त आस्ट्रेलिया में भी सम्पूर्ण लॉकडाउन चल रहा था। देश के बाहर आवागमन की कोई

गुंजाइश ही नहीं थी। वहीं लाचार होकर वह सारी रात जगकर ईश्वर से पापा की सलामती की दुआ मांगता रहा। कुछ वैसी ही हालत निमी की भी थी। दिल्ली से ही वह पापा के स्वस्थ हो जाने की कामना कर रही थी।

इधर लोकनाथ बाबू वेंटिलेटर के सहारे साँसे गिन रहे थे। एक एक कर कोरोना से उनके जान पहचान के मरने वालों की तस्वीरें आँखों के आगे तैर रही थीं। दिल बैठता जा रहा था। आखिरी समय में कोई अपना पानी देने वाला भी नहीं। क्या बदकिस्मती पायी है। जीवन की अच्छी-बुरी सारी यादें एक बार ताजा होने लगी। रात में कई बार अनायास ही छटपटा उठता। आँखें बंद होते ही उसे यमराज की छाया अपने कमरे में नजर आने लगती। मन लगभग तैयार हो चुका था यहाँ से कूच करने के लिए। बस, साँसों के रुकने की प्रतीक्षा चल रही थी। पल पल भारी पड़ता जा रहा था। ऐसा जान पड़ रहा था मानो धड़कन अब रुकेगी की तब। इसी इंजतार में भोर हो गई। फिर पता नहीं कब उनकी आंखे लग गई।

"सर, आपका कोविड टेस्ट की रिपोर्ट आ गई है। रिपोर्ट इज़ नेगेटिव।" - आँख खुलते ही एक नर्स ने आकर जानकारी दी।

मतलब मुझे कोरोना नहीं हुआ है। चेहरे पर मुस्कान की एक लहर तैर गई। बुझती साँसों में नई जान लौट आई। जीने का हौसला मिल गया।

नर्स ने आगे अपनी बात पूरी करते हुए कहा – "बाकी रिपोर्ट भी आ गई हैं। सबकुछ नॉर्मल है। बस, टाइफाइड के थोड़े लक्षण पाए गए हैं।"

मन में विश्वास जाग उठा। टाइफाइड से जीत जाऊंगा। समर अभी जारी है मगर जीत मेरी होगी। अनहोनी का डर मन से जाता रहा। मन-ही-मन भगवान को लाख-लाख शुक्र कहा।

उधर मालिक को कोरोना नहीं रहने की खबर सुनते ही नौकर भला चंगा होकर उनकी सेवा में जुट गया। जल्द स्वस्थ होकर लोकनाथ बाबू हॉस्पिटल से घर लौट आए।

****

2

अपनी माटी

एक लंबे वक्त के बाद आयुष्मान अपना गाँव ब्रजपुर लौटा था। गाँव की तस्वीर आज भी कुछ वैसी ही थी जैसी दस-बारह बरस पहले हुआ करती थी। कोई खास परिवर्तन नहीं। हाँ, दो-चार नए घर वहाँ जरूर बन आए थे जिससे, गाँव का दायरा जरा विस्तृत हो गया था। लोगों के रहन-सहन, काम-काज और जीवन के ढर्रे एकदम पूर्ववत ही थे। सुबह होते ही लोग अपने गाय-बैल और भेड़-बकरियों को लेकर सीधे जंगल की ओर चल पड़ते और शाम होते-होते अपने मवेशियों के साथ वे घर लौट आते। हाँ, खेती के दिनों में दृश्य जरा बदल-सा जाता। खेतों में हल-बैल, कीचड़, शोर-शराबे के साथ धनरोपनी करती महिलाएं, उछल-कूद करते बच्चे, हरी-हरी घासों पर लबालब जबड़े चलाते मवेशी और इसी भांति के न जाने कितनी अनोखी तस्वीरें दृश्यमान हो उठती।

आयुष्मान जब गाँव पहुंचा तो सूर्य अपने दिनभर की यात्रा पूरी कर अस्ताचल की गोद में विश्राम के लिए तेजी के साथ आगे की ओर सरकता जा रहा था। उसकी कार घर के ठीक सामने जा रुकी। अपना बैग लिए वह नीचे उतरा। माँ-बाबूजी को खबर पहले ही मिल चुकी थी इसीलिए वे अपने बेटे के आने की राह देख रहे थे। वे सामने वहीं खड़े मिल गए। आयुष्मान ने उनके चरण स्पर्श किए और फिर घर के अंदर प्रवेश कर गया।

अगले दिन, वह गाँव की सैर पर निकला। गाँव के मध्य बनी बैठकी के पास उसे बचपन के कुछ साथी मिल गए। उनसे बातें होने लगी। धीरे-धीरे गाँव के बड़े-बुजर्ग भी वहाँ जुट आए। बातें कुछ शहर की, कुछ गांवों की, कुछ देश की और कुछ विदेशों की, कुछ नई बातें तो कुछ पुरानी बातें होने लगी। हर कोई आयुष्मान को बड़े ध्यान से सुन रहा था। वहाँ खड़े एक बुजुर्ग उससे पूछ बैठा – "बेटा! सुना है तू आजकल विलायत में रहने लगा है। एगो बात बताओ, विलायत की माटी का रंग यहाँ से एकदम अलग होता है का?"

"नहीं बापू! आपको ऐसा किसने कहा?" – आयुष्मान ने प्रत्युत्तर में कहा।

"सुना है लोगों को कहते हुए। और यह भी सुना है कि विलायत की माटी का रंग जिस आदमी पर चढ़ जाता है उसे अपना घर-वार, गाँव, देश सबकुछ विलायत के सामने ओछा लगने लगता है।" – उसी बुजुर्ग ने आगे अपनी बात रखी।

"ऐसी बात तो बिलकुल नहीं है बापू! दो बरस से मैं भी विलायत में रह रहा हूँ मगर, मुझे तो कभी ऐसा नहीं लगा। अपना घर, अपना गाँव और अपना देश तो सबसे प्यारा होता है।" - आयुष्मान ने बड़ी शान से यह बात कही।

इसी पर वहाँ मौजूद कोई दूसरा आदमी बोल उठा – "अभी तुम नए हो, वहाँ की माटी का रंग तुम पर ठीक से नहीं जमा है। कुछ बरस और बीत जाने दो, फिर तुम न बदले तब आकर हमसे कहना।"

"कैसी बातें कर रहे हैं काका! अपना गाँव, अपना देश भला कोई भूल सकता है क्या?" - आयुष्मान ने जवाब देते हुए कहा।

"काहे नहीं भूल सकता है। ऐसा तो हो रहा है। और सुनो अपना चंदरूआ उस दिन कह रहा था कि शहर में उसके मालिक का बेटा विलायत पढ़ने गया। पढ़-लिख लिया और एक अंग्रेजन के काले जादू में पड़कर वहीं का होकर रह गया। फिर कभी घर वापिस नहीं लौटा।" – वहाँ उपस्थित एक और आदमी ने अपनी बात सामने रखी।

"ई तो बहुत बुरा हुआ चंदरूआ के मालिक के साथ। हमने जो बात कही उसका प्रमाण सामने देख लो।" – उस आदमी ने कहा और फिर

आगे आयुष्मान को उपदेश देने लगा – “देख बेटा! तू अंग्रेजन के काले जादू में मत पड़ना, वे लोग जादू करने में बड़ी माहिर होती हैं। जरा बच के रहना उनसे। अपने कुल-खानदान के दामन में कोई दाग मत लगने देना।”

“जी काका! आपकी बात सदा ध्यान में रहेगी।” - आयुष्मान ने हामी भरी।

“बेटा! हम तो ठहरे गाँव के अनपढ़-गंवार, बुद्धि-सुधि हमारी बहुत कम होती। इसी माटी में जन्मे, खेले-कूदे, बड़े हुए और एक दिन इसी माटी में दफ़न हो जाएंगे। तुम पढ़-लिख कर ज्ञानी हो गए हो, विलायत में नौकरी मिल गई। देश-दुनिया खूब घूमोगे, खूब देखोगे मगर बेटा ‘अपनी माटी’ कभी मत भूलना। इस माटी का बहुत बड़ा ऋण है हम पर।”

इसी तरह की और कई बातें, कई हिदायतें उसे अपने बड़े-बुजुर्गों से मिली।

छुट्टियाँ बिताने के पश्चात आयुष्मान अपने काम पर लंदन लौट गया।

दिन बीतने लगे। जिंदगी की गाड़ी आगे बढ़ने लगी। परंतु, कहीं न कहीं गाँव में बड़े बुजुर्गों द्वारा कही गई बातें उसके दिल में घर करने लगी। गाँव की बातें अक्सर उसके दृष्टिपटल पर मंडराने लगी थी। अपने मजबूत तर्कों द्वारा वह उन बातों को खारिज करने की भरसक चेष्टा करता परंतु, उनसे पीछा छुड़ा नहीं पाता। मन को बहलाने के लिए उसने पेंटिंग का शौक पाल लिया। अच्छी पेंटिंग भी करने लगा। लेकिन उसकी पेंटिंग में भी अपने गाँव, खेत-खलिहान, पहाड़-पर्वत, तालाब, नदी-झरने आदि बड़ी जीवंतता के साथ उभरने लगा।

एक दिन अचानक उसने लंदन छोड़कर अपने गाँव वापस लौट जाने का निर्णय ले लिया। उसके मन में अपने लोगों के बीच रहकर उनके लिए कुछ सार्थक कार्य करने की लालसा प्रबल हो उठी। उसने लंदन में बैठकर ही अपनी भावी योजना की रूपरेखा तय कर ली थी। जब उनके दोस्तों को यह खबर लगी कि आयुष्मान नौकरी छोड़कर अपना गाँव वापस लौटने का निर्णय ले चुका है तो वे उसके पास आकर उसे कई भांति से समझाने का प्रयास करने लगे। परंतु, आयुष्मान घर वापसी का निश्चय कर चुका

था। वह किसी भी हाल में अपने निर्णय से नहीं डिगा।

एक दिन अपना त्यागपत्र कंपनी को सौंपकर पंछी उड़ चला अपने नीड़ की ओर।

गाँव लौटते ही वह अपने मिशन में जुट गया। शाम को गाँव में एक बैठक हुई। अपनी भावी योजना से लोगों को अवगत कराया। शहर की इंजीनियरी छोड़ खेतों की इंजीनियरी करने की उसने इच्छा जताई। लोग उसके इस निर्णय से बहुत खुश हुए। सभी ने उसके साथ मिलकर काम करने की सहमति जताई।

इज़राइल, चीन तथा पश्चिम के कुछ अन्य देशों की सफल साझा कृषि का मॉडल उसकी नजरों के सामने तैर रहा था। उसी का देशीकरण कर लिया गया और गाँव में किसानों के पाँच-छह समूह बना दिए गए। सभी को अपनी देखरेख में योजनाबद्ध तरीके से खेती में लगा दिया गया। कृषि से जुड़ी सभी आधुनिक तकनीकियाँ आजमाइस होने लगी। लोगों को भी खेती से जुड़ी नई-नई तकनीकियों की जानकारी होने लगी। उन्हें भी इस नए माहौल में काम करने में खूब मजा आने लगा। इसी भांति दिन, महीने वर्ष बीत गए। धीरे-धीरे गाँव का कायाकल्प होने लगा। जहां साल भर में केवल धान की एक ही फसल हुआ करती थी आज उसी गाँव में धान, गेहूँ, हरी-हरी सब्जियाँ, फूल एवं कई तरह के औषधीय पौधे भी उगाए जाने लगे। उसके उत्पादन और मार्केटिंग की सुव्यवस्थित चेन बना ली गई। समय के साथ कई गाँव उसके इस आधुनिक कृषि मॉडल से जुड़ते गए।

लोग आर्थिक रूप से समृद्ध होने लगे थे। परंतु, उसका जीवन स्तर उस दर्जे तक नहीं पहुँच पाया था जिसकी कल्पना आयुष्मान ने की थी। उसे लगा उन लोगों के लिए कुछ और कार्य करना चाहिए। फिर उसने एक एनजीओ की शुरुआत की। गाँव के बच्चों एवं बुजुर्गों को मुफ्त में शिक्षित करने का कार्य आरंभ कर दिया गया। उसकी संस्था से लोग जुड़ते गए और कुछ ही वर्षों में वह उस क्षेत्र का कायाकल्प करने में सफल रहा।

गांवों के उत्थान में विशिष्ट योगदान देने के लिए सरकार द्वारा आयुष्मान को सम्मानित करने का निर्णय लिया गया। इसकी घोषणा

होते ही उस क्षेत्र में मानो उत्सव-सा माहौल बन गया। उसे बधाई एवं शुभकामनाएं देने के लिए लोगों का तांता लग गया। वहाँ हर कोई सरकार के इस निर्णय से गदगद हो उठा।

पुरस्कार ग्रहण करने का वह शुभ दिन भी आ गया। आयुष्मान कार्यक्रम स्थल पर जा पहुँचा। सरकारी कार्यक्रम था। वहाँ काफी चहलपहल थी। तामझाम भी उसी अनुपात में एकदम शानदार। कई प्रतिष्ठित हस्तियाँ और कुछ अन्य संस्थाओं को भी वहाँ सम्मानित किया जाना था।

कार्यक्रम आरंभ हुआ। उद्घोषक द्वारा एक-एक करके पुरस्कार विजेताओं के नामों की घोषणा की जाने लगी। लोग मंच पर आते। मंत्री महोदय उन्हें सम्मानित करते। फोटोग्राफर तस्वीरें लेता। सभी के चेहरे पर एक मुस्कान उभरती। तालियों की गड़गड़ाहट होती। बस, यही क्रम चलता रहा।

इस बार उद्घोषक ने आयुष्मान का नाम पुकारा। वह अपने स्थान से उठा और मंच की ओर आगे बढ़ गया। उसके मंच पर पहुँचते ही उद्घोषक द्वारा एक ओर घोषणा की गई – "अब मैं मंच पर माननीय मंत्री जी की सुपुत्री सुश्री कृतिका भार्गव को आमंत्रित करना चाहती हूँ जो आयुष्मान जी के लिए दो शब्द रखना चाहती है।

घोषणा होते ही कृतिका मंच की ओर अग्रसर हुई। उसे देखते ही आयुष्मान विस्मित हो उठा। उसके दिमाग में एक साथ कई सारे सवाल उमड़ने-घुमड़ने लगे। कृतिका इस वक्त और यहाँ? और सबसे बड़ी बात वह इसी मंत्री जी की बेटी है? इंडिया आई तो कभी संपर्क क्यों नहीं किया? और मेरे कार्यों के बारे में कुछ जाने-सुने बगैर भला क्या कहना चाहती है यह?... इसी भांति के अनगिनत सवाल।

वह मंच पर पहुँची। आयुष्मान उसे एकटक निहारे जा रहा था। कृतिका की नजरें उससे टकराई। बड़ी शालीनता के साथ उसने एक प्यारी-सी मुस्कान आयुष्मान को अर्पित कर दी।

उद्घोषक ने एक माइक कृतिका को पकड़ा दिया। माइक थामते ही मुख से हिन्दी में फर्राटेदार शब्दों की झड़ियाँ छूट पड़ी - "सभी को मेरा सादर, नमस्कार! सर्वप्रथम आयुष्मान को उसकी इस उपलब्धि पर

हार्दिक शुभकामनाएँ एवं बधाई देती हूँ।" बातों को थोड़ा विराम दिया और कुछ स्मरण करती हुई बोली – "हम दोनों कभी एक साथ लंदन में एक ही कंपनी में जॉब करते थे। हमारे बीच अच्छी दोस्ती हो गई थी। एक दिन अचानक आयुष्मान ने अपना निर्णय सुनाते हुए कहा कि मैं अपना गाँव लौटकर अपनी माटी के लिए कुछ करना चाहता हूँ। मैंने उस वक्त इन्हें बहुत समझाने का प्रयास किया था। परंतु, यह अपने निर्णय से डिगा नहीं और आखिरकार वतन वापस लौट आया। मुझे लगा था कि जिस उद्देश्य के लिए यह वापस लौटा है उसे कर पाना इतना आसान नहीं होगा और एक दिन यह फिर लंदन वापस लौट आएगा। परंतु, मैं गलत थी। चंद वर्षों में ही इसने अपने गाँव ही नहीं बल्कि उस पूरे क्षेत्र में ऐसा परिवर्तन लाया कि वहाँ के लोग इन्हें अपना मसीहा मानने लगे हैं। पिछले सप्ताह मैं इसके क्षेत्र में भ्रमण के लिए गई हुई थी। वहाँ के लोगों से मिली, उनसे बातें की तब जाकर अहसास हुआ कि लोगों के लिए यह क्या मायने रखते हैं। मैं इनके कार्यों से बहुत प्रेरित हुई हूँ। अब इनके साथ मिलकर मैं भी जरूरतमंदों के लिए कुछ काम करना चाहती हूँ। खुद को देश की सेवा में अर्पित करना चाहती हूँ। साथ ही, अपनी संपत्ति का आधा हिस्सा इनके एनजीओ के नाम समर्पित करने की घोषणा करती हूँ। धन्यवाद।"

तालियों की गड़गड़ाहट से आसमान गूंजने लगा। आयुष्मान कृतिका की बातें सुनकर मंत्रमुग्ध हो उठा। मंत्री जी के साथ कृतिका भी आगे आई और दोनों ने मिलकर पुरस्कार का शील्ड आयुष्मान को अर्पित किया। फोटोग्राफर के कैमरे से 'क्लिक' की आवाज उभरी और एक बार फिर वहाँ तालियों की गड़गड़ाहट गूंज उठी।

****

3

लाल टमाटर

कोरोना का प्रकोप आरंभ होते ही देशभर में अचानक लॉकडाउन की घोषणा हो गई। गुठलु के ऑटो चलाने का काम बंद हो गया। उसने अपनी जमा पूंजी से सप्ताहभर का राशन-पानी किसी तरह जुटाया। परंतु, लॉकडाउन की अनिश्चितता और मकान मालिक की खीच-खीच से तंग आकर उसने एक दिन घर के सामानों को आधा अपने सिर पर और आधा पत्नी हिरिया के सिर पर लादा और बारह साल की बेटी निमिया तथा सात साल के बेटे सुखवा को लेकर सीधे चल पड़ा अपने गाँव की ओर। भूखे-प्यासे दो दिनों की लंबी यात्रा के बाद थके हारे बेजान-सा वह सपरिवार पहुँच गया अपना गाँव पर्वतपुर। वहाँ अपने बूढ़े माँ-बाप से मिलकर दिल को बड़ी तसल्ली हुई।

गुठलु गाँव की गरीबी से तंग आकर पाँच साल पहले शहर चला गया था। वहाँ उसने ऑटो चलाने का काम ढूंढ लिया। कुछ महीने बाद जब उसके पाँव शहर में जम गए तो एक दिन वह गाँव आकर अपनी पत्नी और बेटा-बेटी को भी शहर ले गया। गाँव में रह गए बूढ़े माँ-बाप। समय-समय पर शहर से वह रुपया भेज देता तो यहाँ माँ-बाप की जिंदगी भी किसी तरह कट जा रही थी। परंतु, लॉकडाउन के कारण जब शहर में खुद के खाने के लाले पड़ गए तो भला माँ-बाप को रुपए कैसे भेज पाते? सोचा, मुसीबत की इस घड़ी में गाँव में ही रहकर खेती-बाड़ी का काम कर लेंगे। इधर-उधर की मेहनत मजदूरी के साथ कुछ महीने किसी तरह

निकल जाएंगे। जब सबकुछ सामान्य हो जाएगा। शहरों में रोजगार मिलने लगेगा तो फिर शहर चले आएंगे।

लॉकडाउन के दौरान गावों में पाबन्दियाँ शहरों की अपेक्षा जरूर कम थी। परंतु, कामकाज के लाले वहाँ भी पड़े हुए थे। कोई काम देने वाला नहीं था। दिन भर वह काम की तलाश में इधर-उधर भटकता फिरता। सेठ-साहूकारों के घर जाकर हाथ पसारता फिरता। परंतु, इस दुःख की घड़ी में उसके सुनने वाले वहाँ भी कोई नहीं। किसी तरह महिनाभर और बित गया। अब घर की हालत और भी दयनीय हो चली थी। जो भी राशन-पानी घर में था वह भी निपट गया। परिवार वालों के लिए भरपेट अन्न जुटा पाना भी उसके लिए मुश्किल होने लगा था। बड़ों के साथ-साथ बच्चों को भी अब आधे पेट, कभी-कभी तो भूखे पेट भी सोना पड़ जाता था।

एक दिन आधी रात को बेटा सुखवा नींद में भूख के मारे कलपने लगा था। वह निद्रावस्था में ही अत्यंत करुण स्वर में बड़बड़ा रहा था – "रोटी दे दो, खाने के लिए कोई रोटी दे दो। बहुत भूख लगी है। कभी कोई भरपेट खाने को नहीं देता। भगवान पाप दे देगा तुमको। दोष लगेगा तुमको ..." इसी तरह कुछ कुछ बड़बड़ाए जा रहा था।

गुठलु नींद में बेटे की इस प्रकार की बड़बड़ाहट सुनकर तड़प उठा। उसका धैर्य जवाब दे गया। बेटे के सिर पर हाथ रखकर वह फूट-फूटकर रोने लगा। उसकी रोने की आवाज सुनकर बेटा नींद से जाग गया। पिताजी को रोता देखकर वह घबरा गया। क्या हो गया पापा को? क्यों इतना रो रहे हैं? उसे कुछ भी समझ नहीं आ रही थी। उसकी मां भी बगल में बैठकर रो रही थी और पति को चुप कराने की कोशिश कर रही थी। सुखवा उठ कर पापा के पास बैठ गया और उनके आँसू पोंछने लगा। उसे चुप कराने की चेष्टा करने लगा।

सुबह गुठलु उठा और सीधे पंचायत की ओर चल पड़ा। वहाँ वह मुखिया से मिला और अपनी सारी दास्तां बयां की। वहाँ उसे पता चला कि गाँव से कुछ लड़कों की एक टोली सूत फैक्ट्री में काम करने के लिए तमिलनाडु जा रही है। उसने उन लड़कों से संपर्क साधा और उनके साथ तमिलनाडु चलने के लिए तैयार हो गया। कंपनी की तरफ से सभी के

लिए टिकट्स उपलब्ध करा दिए गए।

शाम का समय था। तेज बारिश शुरू हो गई। अंधेरा घिरने लगा था। गाँव की बिजली भी चली गई। घंटे भर बाद जब बारिश थमी तो पत्नी हिरिया को अचानक याद आई कि घर में आज पकाने के लिए कुछ भी नहीं है। कल सुबह सुखवा के पापा तमिलनाडु चले जाएंगे। कम-से-कम आज रात तो उन्हें भरपेट भोजन करा दूँ। उसने दिमाग दौड़ाया। कुछ युक्ति सूझी। तब तक बाहर बारिश भी थम चुकी थी। सुखवा के पापा से कहा कि अभी थोड़ी देर में आती हूँ और साथ में बेटी निमिया को लेकर वह घर से निकल पड़ी।

गाँव के मोड पर राशन की एक दुकान थी। दुकान के पास वह पहुंची और कुछ राशन उधार दे देने की मिन्नतें करने लगी। दुकानदार था बड़ा चिमा आदमी। 'चमड़ी जाए पर दमड़ी नहीं' वाली कहावत को चरितार्थ करने वाला। बड़ी ढिठाई के साथ वह उसे फटकारता रहा। परंतु, हिरिया की करुण व्यथा सुनकर आखिरकार उसका भी पाषाण हृदय द्रवित हुआ और कुछ राशन उधार देने के लिए वह तैयार हो गया।

हिरिया वहाँ से राशन लेकर झटपट अपने घर की ओर मुड़ गई। अंधेरा कुछ और गहरा गया था। टिप-टाप बूँदा बाँदी भी शुरू हो गई थी।

रास्ते में एक खेत मिला। उसमें टमाटर की फसल लगी हुई थी। उस अंधेरे में भी खेत में पके हुए लाल टमाटर पत्तियों के बीच से झाँकते हुए दिखाई पड़ रहे थे। हिरिया का मन पके हुए लाल टमाटर देखकर थोड़ा डामाडोल होने लगा। उसने सोचा कि दो-चार टमाटर ले जाकर चटपटी चटनी बना दूँ तो सुखवा के पापा तृप्त होकर भोजन करेंगे। और फिर पता नहीं उन्हें कब मेरे हाथों के बने हुए खाना नसीब होगा? इस पर उसने दबी आवाज में निमिया से मशविरा किया। अपनी मासूमियत का परिचय देते हुए निमिया ने इसे गलत करार दे दिया। परंतु, उसने बेटी को समझाया कि अभावों में की गई चोरी कोई गलत काम नहीं है। यदि हम भूखे न होते तो दो-चार टमाटर के लिए हमारी नियत भला क्यों बदलती? उसने बेटी को समझाया, फिर अपने मन को और अंधेरे का लाभ लेती हुई वह दबे पाँव उस खेत की ओर बढ़ गई। निमिया ने भी चुपचाप माँ की राह धर ली। खेत के चारों ओर लगे कंटीले तार के घेरे को

सतर्कता से चीरती हुई दोनों उस खेत के अंदर दाखिल हो गई।

झटपट उन दोनों ने दो-चार लाल टमाटर तोड़े ही थे कि धप से गाँव में बिजली जल उठी। खेत के आसपास भी उजाला हो गया। किसी की नजर उन पर न पड़ जाए, यही सोचकर वे दोनों खेत से बाहर की ओर भाग चली। घेरे वाले कंटीले तार से वे दोनों जाकर टकराती हैं। 'चड़ाक' की आवाज... और माँ-बेटी वहीं खेत में निढाल हो गईं।

थोड़ी देर बाद बारिश एक बार फिर तेज हो गई। बिजली गुल। सभी जगह घुप्प-सा अंधेरा छा गया।

घर में सभी लोग माँ-बेटी का इंतजार कर रहे थे। बहुत देर हो चुकी थी। बिन बताए माँ-बेटी कहाँ चली गई है और अभी तक लौटी नहीं। गुठलु को चिंता होने लगी। उसे अपनी पत्नी पर गुस्सा भी आने लगा था। कल तड़के सुबह उठकर उसे तमिलनाडु के लिए रवाना होना है और आज बेमतलब पत्नी की वजह से देर रात तक जगे रहना पड़ रहा है। बारिश थमने का नाम नहीं ले रही थी। ऐसी स्थिति में उन्हें खोजने के लिए जाए भी तो कहाँ जाए? बेटा ने बहुत देर तक माँ के लौटने की आशा देखी फिर बेचारा भूखे पेट ही सो गया।

एक बार गुठलु कमरे से उठकर द्वार तक आया। परंतु, बाहर झमाझम बारिश और अंधकूप अंधेरा देखकर उसने दरवाजा बंद कर लिया और अंदर जाकर चारपाई पर लेट गया। सोचा, बारिश में कहीं फंस गई होगी। बारिश थमेगी तो अपने लौट आएगी। लेटे लेटे उसकी भी आँख लग गई।

सुबह दरवाज़ा पीटने की आवाज सुनकर वह जागा। हड़बड़ाते हुए उसने दरवाजा खोला। बाहर लोगों की भीड़ लगी हुई थी। हर कोई हाय-तोबा मचा रहा था। वह कुछ समझ पाता उससे पहले ही गाँव के एक नौजवान ने उसका हाथ थाम लिया और उसे खींचता हुआ उसी खेत पर ले गया जहां उनकी पत्नी और बेटी मृत अवस्था में खेत में निढाल पड़ी हुईं थीं। वह छाती पीट-पीटकर रोने लगा। अपनी किस्मत को चिल्ला-चिल्लाकर कोसने लगा।

थोड़ी देर में वहाँ पुलिस आई। मीडिया वाले आए। अगले दिन अखबार में ख़बर छपी 'खूनी लाल टमाटर ने ले ली माँ-बेटी की जान।'

उस टमाटर खेत का मालिक शहर में रहता था। उसने फसल की सुरक्षा के लिए खेत के चारों ओर लगे कंटीले तार पर बिजली की करेंट छोड़ रखी थी। हिरिया जब खेत के अंदर दाखिल हुई उस वक्त वहाँ बिजली नहीं थी परंतु, बिजली आते ही उन तारों में करेंट दौड़ गई और बेचारी हिरिया बेटी संग बेमौत मारी गई। सवाल उठना लाजिम था कि एक फसल की क़ीमत भला किसी की जान से बढ़कर कैसे हो सकती है? किसी वस्तु की सुरक्षा घेरा उसके मूल्य के अनुपात में ही होना चाहिए अन्यथा वह स्वयं के लिए मुसीबत की बेड़ी बन सकती है।

उधर पुलिस ने खेत मालिक के खिलाफ गैर-इरादतन हत्या का मामला दर्ज कर उसकी धर-पकड़ आरंभ कर दी।

****

4

तेरी चाहत यह मुकाम दे गई

ऑफिस के लिए निकलते हुए शशांक ने मेरे गालों पर एक प्यारी-सी चुंबन अंकित कर दी। उनकी प्यार भरी इस छुअन से मेरे सम्पूर्ण बदन में एक सिहरन की लहर दौड़ गई। प्रत्युत्तर में मैंने भी अपनी काली और बड़ी-बड़ी नैनों के तीर से उन्हें घायल कर दिया था। वक्त की अनुपयुक्तता को भाँपते हुए वे चेहरे पर एक प्यारी-सी मुस्कान लिए सीधे बाहर की ओर चल दिए।

सामने गाड़ी लगी हुई थी। साहब को देखते ही सुरक्षा गार्ड एवं ड्राईवर तुरंत हरकत में आए। गाड़ी का दरवाजा खुला। वे अंदर दाखिल हुए और गाड़ी आगे की ओर सरकती हुई निकल गई। गाड़ी मेरी आँखों से ओझल होते ही मैं वापस अंदर चली आई।

आज कुछ पढ़ने का दिल हुआ। ड्राइंग रूम में गई। बुकशेल्फ पर एक सरासरी नज़र डाली। सहसा एक किताब पर जाकर नज़र अटक गई। किताब हाथ में लिया। उसका शीर्षक था – 'तेरी चाहत यह मुकाम दे गई।' उसी समय अचानक स्मरण हो आया यह तो वही किताब है जिसे मेरी सहेली निकिता ने लिखी है और वह एक दिन बड़े प्यार से मुझे भेंट कर गई थी। चलो आज इसी को पढ़ लेती हूँ। मन-ही-मन बुदबुदाती हुई मैं सोफ़े पर जा धँसी और उसे पढ़ने लगी।

कहानी कुछ इस प्रकार आरभ होती है - फरवरी का महिना था। कड़ाके की ठंड थी। निशा के पापा छुट्टी पर आए हुए थे। झटपट योजना बनी और पापा उसे सपरिवार शिमला घुमाने ले गए। उन दिनों वहाँ बर्फ़बारी खूब हो रही थी। सैलानियों का जमावड़ा लगा हुआ था। वे लोग शाम को होटल पहुंचे। रात भर आराम फरमाने के बाद सुबह बर्फ़बारी का आनंद लेने सीधे कुफ़री पहुँच गए। वहाँ का नजारा अद्भुत था। पल-पल बदलते मौसम का अद्भुत आनंद मिल रहा था। कभी आसमान में कोहरा-सा घिर आता और अंधेरा छा जाता। कभी बर्फ के छोटे-छोटे दाने आसमान से बरसने लगते तो कभी सूरज चमक उठता और दूर-दूर तक बिखरी बर्फ की चादर चाँदी की तरह चमक उठती। ऐसा अद्भुत नज़ारा देख मन आह्लादित होकर झूम उठता।

बर्फ़ के साथ खेलते हुए निशा ढलान में थोड़ा नीचे की ओर चली गई। पता नहीं कैसे अचानक उसका पाँव फिसला और वह बर्फ़ के ऊपर गोल-गोल घूमती हुई नीचे की ओर लुढ़कने लगी। वह बहुत घबरा गई और घबराहट के कारण मुख से चीख भी निकलने लगी थी। उसी समय एक लड़का बड़ी फुर्ती के साथ आगे की ओर लपका और उसे सहारा देकर थाम लिया। निशा उसकी बाँहों में अचानक आ समाई। सिर से गर्म ऊनी टोपी गिर चुकी थी। बाल बिखर चुके थे। लड़का उनकी आँखों में एकटक देखे जा रहा था। निशा को भी बड़ा सुकून-सा अनुभव हो रहा था। परंतु, जैसे ही उसे अपनी स्थिति का भान हुआ, वह एक झटके में उस लड़के की पकड़ से अलग होकर दूर जा खड़ी हुई। सहारा देने के लिए उसे धन्यवाद कहा और सीधे ऊपर की ओर चढ़ने लगी।

ऊपर चढ़ने के क्रम में उसे आभास हुआ कि कोई उसके पीछे-पीछे आ रहा है। मुड़कर देखा तो वही लड़का उसके पीछे-पीछे आ रहा था। कोई प्रतिक्रिया नहीं, चुपचाप ऊपर की ओर बढ़ती रही। लड़का भी ठीक उसके पीछे-पीछे चले आ रहा था। दोनों में कोई बातचीत नहीं। बिना किसी प्रतिक्रिया के दोनों बस चले जा रहे थे।

“निशा बेटा! कहाँ चली गई थी तुम? हमलोग कितना घबरा गए थे?” - ऊपर आते ही पापा ने उससे पूछा।

"ओह पापा! क्या बताएं, थोड़ा नीचे की ओर चली गई थी। फिर पता नहीं अचानक मेरे पाँव कैसे फिसल गए और मैं नीचे की ओर लुढ़कने लगी ..."

"और मैंने इसे सहारा देकर बचा लिया। है न निशा?" – उसकी बात पूरी होने से पहले ही उस लड़के ने सामने आकर अपनी बात रख दी।

पापा ने आँखों के इशारे से ही उससे पूछ लिया – 'कौन है यह लड़का?'

निशा ने भी कंधा उचकाकर इशारा कर दिया – 'मुझे नहीं पता।'

"कौन हो तुम ?" – पापा ने उस लड़के से सवाल किया।

"मैं..." वह कुछ बोलने के लिए तैयार हुआ किन्तु, फिर अगले ही क्षण रुक गया और फिर बात बदलते हुए बोला – "अच्छा अंकल! वो छोड़िए पहले ये बताइए कि कैसे हैं आपलोग? और निशा आप कैसी हो?" – उस लड़के के बोलने का लहज़ा कुछ ऐसा था मानो वर्षों से वह निशा और उनके घरवालों को जानता हो।

"हम तो नहीं पहचानते तुम्हें। निशा! तुमसे परिचित है क्या?" निशा के पापा ने सवाल किया।

"नहीं पापा! मैं तो बस अभी ही नीचे इससे मिली हूँ। हाँ, बर्फ़ पर नीचे की ओर लुढ़कते समय सहारा देकर इसने ही मुझे बचाया था।" – निशा ने जवाब दिया और फिर उस लड़के से कहा – "मेरी हेल्प करने के लिए वन्स अगैन थैंक्स यू! हो गई न बात ख़तम? अब आप यहाँ से जाइए प्लीज़।"

"देखिए, आपलोग गलत न समझे। भले ही आप मुझे नहीं जानते हैं परंतु, मैं आपलोगों को बहुत अच्छी तरह से जानता हूँ। और निशा मेरे लिए बहुत खास है। मेरी प्रेरणा है। आज मैं जो ...।"

"ओय हैलो! ज़्यादा बकवास मत करो, समझे न तुम। वक्त पर आकर थोड़ा सहारा क्या दे दिया अपने आप को अक्षय कुमार समझने लगे हो। यहाँ कोई फ़िल्मी सीन नहीं चल रहा है होश-हवास में रहकर बात करो, नहीं तो बेकार में मेरे हाथों पीट जाओगे।" - निशा ने बीच में ही टोकते हुए उसे धमकाया।

"देखिए, आपलोग गलत समझ रहे हैं। मैं कोई ऐसा-वैसा लड़का नहीं हूँ। बड़े इत्तेफाक की बात है कि आपलोग मुझे यहाँ अचानक ही दिख गए।

आपकी बेटी, सचमुच मेरा इंस्पेरेशन है और मैं इससे बेहद...।"

"ओ इडियट! बकवास बंद कर। अनाप-शनाप बके जा रहा है। मेरी बेटी के बारे में एक लफ़्ज़ भी आगे मत बोलना। तुम मुझे जानते नहीं हो। एक फौजी हूँ और अगर दिमाग घूमा तो सीधे गोली से तुम्हारा भेजा उड़ा दूंगा।" – पापा ने बीच में ही उसे टोकते हुए दहाड़ा।

उसकी हरकत देख निशा भी मन-ही-मन बड़बड़ाई 'बड़ा बेशर्म इंसान है। मैं इसे जानती तक नहीं और मेरे बारे में कुछ भी बके जा रहा है। ज़्यादा किया तो आज पापा के हाथों जरूर पीटेगा। सारी हीरोगिरी ही निकल जाएगी।'

वह लड़का मायूस हो गया। आगे भी कुछ कहना चाहता था किन्तु, रुक गया। वहाँ आगे कुछ और बोलना उसे उचित नहीं लगा। जाते-जाते बस इतना कह गया कि एक दिन आपलोगों को अपनी गलती का अहसास जरूर होगा।

निशा और उनके घरवालों को भी लगा शायद उस लड़के की मानसिक स्थिति सही नहीं है इसीलिए कुछ अनाप-शनाप बोल गया। उसकी कही हुई बातें दिल से निकाल दी गई और वे लोग एक बार फिर घूमने-फिरने में व्यस्त हो गए। कुछ दिन शिमला में रह कर घूमे-फिरे और छुट्टियाँ बिता कर अपने घर रांची वापस लौट आए।

शाम का वक्त था। निशा अपने कमरे में कोई कहानी पढ़ रही थी। पढ़ते-पढ़ते न जाने क्यों उसके दृष्टिपटल पर शिमला की वह घटना तैर गई। न चाहते हुए भी वह लड़का बार-बार उसकी यादों में उभरने लगा। बर्फ़ पर लुढ़कना, अचानक उसकी बाहों में पड़ना, सागर-सी गहरी उनकी आँखें, उसकी बातों की दृढ़ता और फिर उसका स्वाभिमानी नेचर। ये सारी चीजें देखकर लग नहीं रहा था कि उस लड़के की मानसिक स्थिति गड़बड़ होगी। इतना ही नहीं, बार-बार वह मुझे बड़ी आत्मीयता के साथ 'निशा' कह रहा था। मेरा नाम आखिरकार उसे कैसे पता? हो सकता है पापा के मुख से मेरा नाम सुन लिया हो। परंतु, हम सभी के साथ उसका इस तरह की आत्मीयता दिखाना कुछ हज़म नहीं हो रहा है। इसी तरह के कई सारे विचार निशा के दिमाग में उसको लेकर उमड़ने-घुमड़ने लगे थे।

छुट्टियाँ समाप्त हो चुकी थी। निशा स्कूल जाने लगी। वह एक स्कूल में टीचिंग का काम करती थी। स्कूल में बच्चों के बीच उसकी दुनिया एक बार फिर खिलखिलाने लगी। रोज स्कूल जाना, बच्चों के बीच रहना, उन्हें पढ़ाना और फिर घर वापस आकर पठन-पाठन में जुट जाना। यही उसकी दिनचर्या बन गयी थी। वह व्यस्त थी, खुश थी और मस्त थी।

घर में दबे स्वर किसी बात को लेकर चर्चा चल रही थी। उस चर्चा में लगभग घर के सारे सदस्य शामिल थे सिवाय निशा के। उससे रहा नहीं गया और एक दिन उसने अपनी मम्मी से पूछ ही लिया – "मम्मी! घर में आजकल किस बात पर इतनी चर्चा चल रही है? आखिर बात क्या है?"

"सुनोगी तो खुशी के मारे पागल हो जाओगी।" - मम्मी का जवाब था।

"ऐसी आखिर क्या बात है? जरा मैं भी तो सुनूँ।" – निशा ने कहा।

"तुम्हारी शादी की चर्चा चल रही है। और जानती हो लड़का क्या करता है? इसी साल आईएएस की परीक्षा पास कर वह कलेक्टर बना है।" – मम्मी ने बड़े एक्साइटमेंट के साथ बात कही।

मम्मी की बात सुनकर निशा का चेहरा न तो खिला और न ही मुरझाया। उसके चेहरे पर एकदम सामान्य-सा भाव था। मम्मी से रहा नहीं गया और वह पूछ बैठी – "तुम्हें सुनकर झटका नहीं लगा? मुझे तो लगा था कि तुम खुशी के मारे उछल पड़ोगी।"

"अरे मम्मी! अभी शादी फाइनल नहीं हुई है जो तुम ऐसी चहक रही हो। जब सबकुछ तय हो जाएगा तो देखा जाएगा।" - निशा ने बड़ी समझदारी से कहा।

"बात तो तुम्हारी सही है।" - मम्मी ने सहमति जताई।

निशा अपने कमरे में लौटी और पेट के बल बिस्तर पर लेट गई। उसे शशांक का ख्याल हो आया। उसी के बारे में सोचने लगी। शशांक से वह एक बार मिली तो जरूर थी किन्तु, मिलकर भी मानो कभी उससे मिली ही न हो। उसका चेहरा कुछ-कुछ तो याद आ रहा था किन्तु, स्पष्टता का अभाव था। उसकी धुंधली-सी तस्वीर मन में समाया हुआ था।

शशांक के बारे में उसकी दीदी कल्पना ने उसे पूरे विस्तार से बताया था। उसका परिचय देते हुए कहा था कि विदाई के समय दूल्हे के साथ जिस लड़के को तुमने अपने हाथों से पानी पिलाया था वही शशांक था। निशा ने उसे पानी जरूर पिलाया था मगर उस पर ज्यादा ध्यान नहीं दिया था। पहले पता होता कि वह मेरा इतना बड़ा दीवाना है तो गौर से उसे जरूर देख लेती।

बात तीन साल पहले की है। कल्पना की शादी के दिन बरात द्वार पर आ चुकी थी। बरातियों की ओर से खूब नाच-गान चल रहा था। दूसरी तरफ लड़कीवालों की ओर से भी लड़कियां खूब ठुमके लगा रही थीं। निशा भी उसमें शामिल थी। उसके लटके-झटके देखकर बरातियों ने मानो सरेंडर ही कर दिया था।

शादी सम्पन्न हुई। लगे हाथ कल्पना की विदाई भी हो गई। दो दिन बाद कल्पना अपने पति के साथ मायके प्रणाम-पाती करने के लिए आई और फिर उसी दिन ससुराल लौट गई।

एक सप्ताह बाद कल्पना का फोन आया। मम्मी-पापा से बात करने के बाद वह निशा से बात करने लगी – "क्या बात है निशा! तुमने ऐसा क्या जादू कर दिया है कि यहाँ तुम्हारे चाहनेवालों की एक फ़ौज तैयार हो गई है। एक से बढ़कर एक लड़के हैं। जिसका भी हाथ थाम लो रानी बनकर रहेगी।"

"ऐसी बात है क्या? तब तो अपना भाव ज़रा और बढ़ाना पड़ेगा।" - निशा ने कहा।

"अरे! भाव तुम क्या बढ़ाओगी। तुम्हारे जीजू ने पहले ही तुम्हारा भाव आसमान चढ़ा दिया है। पता है उस दिन तुम्हारा एक आशिक आया था तुम्हारे जीजू के पास। नाम है उसका शशांक। कह रहा था अपनी साली से किसी तरह शादी करवा दीजिए। जिंदगी भर आपका अहसान मानूँगा।"

"फ़िर जीजू ने क्या कहा?"

उन्होने साफ कह दिया – "मेरी साली की शादी किसी ऐसे-वैसे लड़कों से नहीं बल्कि, किसी कलेक्टर से होगी, समझे। इसीलिए उसका सपना देखना छोड़ दो।"

"फिर क्या हुआ?"

"होना क्या था। अपना-सा मुंह लेकर वह घर चला गया। कहानी यहीं खतम नहीं हुई। दो दिन बाद पता चला वह आईएएस की तैयारी करने दिल्ली चला गया है।" - कल्पना ने बात पूरी की।

निशा ने करवट बदली और इस बार पीठ के बल लेट गई। उसकी नज़र ऊपर चल रहे पंखे पर जा टिकी थी परंतु, मन कुछ दिन पहले शशांक के बारे में दीदी से हुई बात पर चली गई। दीदी ने उसे बतलाया था कि इस बार शशांक की परीक्षा अच्छी हुई है। बता रहा था सेलेक्शन का पूरा चांस है इस बार उसका। सोचा दीदी से इस बारे में अपडेट ले लेती हूँ। वह अपने विचारों में मगन थी। कब सामने पापा जी आ खड़े हुए उसे पता ही न चला।

पापा पर नज़र पड़ते ही वह झटपट बिस्तर पर उठ बैठी। पापा भी उसके बगल में जा बैठे। सिर पर हाथ फेरते हुए बड़ी मायूसी के साथ वे बोले – "बेटा! तुम्हारे लिए एक अच्छा रिश्ता मिला था। वहीं लड़का देखने तुम्हारे फूफाजी के साथ हम गए हुए थे। परंतु, लगता नहीं है कि लड़का हमारे यहाँ रिश्ता करने के लिए तैयार होगा। हमसे एक चूक हो गई थी और इसकी कीमत हमें इस रिश्ते से हाथ धोकर चुकानी पड़ेगी।"

"मतलब, मैं कुछ समझी नहीं पापा?" – निशा ने प्रश्न किया।

"बेटा! जिस लड़के को हमलोग आज देखने गए थे, इसी वर्ष आईएएस की परीक्षा पास कर वह कलेक्टर बना है। लेकिन अफसोस की बात यह है कि यह वही लड़का निकला जिसके साथ शिमला में हमारी कहा-सुनी हुई थी।"

"क्या?" – इस बार निशा चौंक पड़ी।

उस लड़के को लेकर इसी तरह की कुछ ओर बातें वहाँ हुई। फिर, निराश मन से पापा वहाँ से चले गए। निशा के मन में विचारों का भूचाल आ चुका था। शिमला की घटना एकाएक ताज़ा हो गई। उस लड़के द्वारा कही गई हर बात को वह रिमाइंड करने लगी। उस लड़के द्वारा दिखाए जाने वाले अपनत्व के निहितार्थ को समझने की कोशिश करने लगी। उसी समय मम्मी ने उसे फोन थमाते हुए कहा – "लो, कल्पना तुमसे बात करना चाहती है।"

फोन कान से लगाते ही उधर से चहकती हुई आवाज सुनाई पड़ी – "कैसी हो निशा?"

"ठीक हूँ, आप कैसी हो?" – निशा ने कहा।

"एकदम बढ़िया, और सुन जिस ख़बर को तुम्हें बतलाने जा रही हूँ सुनकर तुम खुशी से पागल हो जाओगी।" – कल्पना की आवाज में गज़ब का एक्साइटमेंट था।

"बताओ, फिर तुम्हें भी एक शॉकिंग न्यूज सुनाना है।" - निशा ने कहा।

"शशांक का रिजल्ट आ गया है और वह कलेक्टर बन गया। तुम्हारा कलेक्टर बाबू।" – कल्पना ने चहकते हुए ख़बर सुनाई।

"सच में! गॉड तुस्सी ग्रेट हो! आई लव यू...आई लव यू...आई लव यू शशांक!" – एक्साइटमेंट के मारे निशा एकदम से उछल पड़ी।

"ज़रा ठहर जा, ठहर जा। सांस तो ले ले। सारा एक्साइटमेंट यहीं गंवा दोगी? शशांक के लिए भी तो कुछ बचा के रख ले।" – कल्पना ने निशा की मनोदशा भाँपते हुए कहा। और फिर वह आगे बोली – "और हाँ, तुम्हारे पास क्या शॉकिंग न्यूज है, जरा मैं भी तो सुनू।"

"अरे दी! छोड़ो न अब क्या लेना-देना उससे।" - निशा ने जवाब में कहा।

फिर कल्पना के कुरेदने के बाद निशा ने शिमला से लेकर पापा के उस लड़के को देखने उसके घर जाने तक का सारा किस्सा एकदम विस्तार से कह सुनाया। निशा की बातें सुनकर कल्पना ज़रा भी नहीं चौंकी; क्योंकि कुछ देर पहले ही शशांक ने उसे सारी बातें कह सुनाई थी।

निशा की दास्तां सुनने के बाद कल्पना ने कहा – "तुम्हारी कहानी के बारे में मुझे सबकुछ शशांक ने तुमसे पहले ही बतला दिया है। जिस लड़के के बारे में तुम बात कर रही हो न, वह कोई ओर नहीं बल्कि, वही शशांक है।"

निशा को एक और झटका लगा। शिमला वाला वह लड़का शशांक था। उसे विश्वास की नहीं हो रहा था। परंतु, आखिरकार उसने इस सच्चाई को स्वीकार कर लिया। उसकी खुशी मानो दुगुनी हो गई हो। उसके पाँव अब जमीन पर नहीं मानो हवा में उड़ने लगे हो। वह खुशी

के मारे पागल हुए जा रही थी। कल्पना ने उसे आगे शशांक का मेसेज़ सुनाते हुए कहा कि वह भी तुमसे मिलने के लिए उतना ही बेकरार हुए जा रहा है और कल शाम को छह बजे लालपुर के कैफ़े कॉफी डे में तुमसे मिलने के लिए आ रहा है। समय पर वहाँ पहुँच जाना।

अगले दिन तय समय और तय स्थान पर निशा और शशांक की मुलाक़ात हुई। दोनों एक-दूसरे को देखकर एक-दूसरे पर फ़िदा हो गए। शशांक ने दो कप कैपेचीनो ऑर्डर दिया। दोनों एक-दूसरे की आँखों की गहराई में डूबने-उतरने लगे। दोनों की आँखों में हसीन सपने पलने लगे। दोनों के लिए वहाँ का सारा वातावरण एकदम जादुई हो गया था। वहाँ के लोग प्यार में थिरकते हुए नज़र आने लगे थे। हवा में प्यार की खुशबू घुल गई थी। दोनों के ऊपर मदहोशी छाने लगी थी। उनके लिए सारा संसार प्रेममय लगने लगा था।

दोनों के बीच बातचीत का सिलसिला आरंभ हुआ और थोड़ी ही देर में उनके बीच का अजनबीपन का बर्फ पिघलने लगा। प्यार भरी बातें शुरू हुई। दोनों ओर से हाल-ए-दिल बयां हुआ। शशांक अपनी भावनाओं को और अधिक देर तक रोक न सका। वह सीधे घुटनों के बल आ गया और प्यार का इज़हार करते हुए कहा – “आई लव यू निशा! आई लव यू सो मच! आज मैं जो कुछ हूँ सिर्फ़ तुम्हारी प्रेरणा की बदौलत। तुझे मैंने बड़ी शिद्दत से चाहा है और तेरी चाहत यह मुकाम दे गई।”

उसी समय शशांक के सारे दोस्त उन्हें घेरकर वहाँ खड़े हो गए। तालियों की गड़गड़ाहट से कैफ़े गूंज उठा। निशा ने भी भरी महफ़िल में अपने प्यार का इज़हार कर दिया। दोनों के प्यार के इज़हार का यह खूबसूरत दृश्य शशांक के दोस्तों ने कैमरे में कैद कर लिया।

कहानी समाप्त हुई। मैंने किताब बंद कर दी। एक गहरी सांस ली और निकिता को मेरी प्रेम कहानी लिपिबद्ध करने के लिए मन-ही-मन शुक्रिया कहा।

****

5

संस्कार अपना-अपना

इमरजेंसी वार्ड के ठीक सामने रुकते ही एंबुलेंस की साइरन बंद हुई। गाड़ी के अंदर बैठे दो लोग तुरंत बाहर आए। एंबुलेंस के पीछे का दरवाजा खुला। एक मरणासन्न अवस्था में पड़े मरीज़ को स्ट्रैचर पर लादकर झटपट लोग हॉस्पिटल के अंदर दाखिल हो गए।

यह दृश्य दक्षिण भारत में स्थित एक प्रसिद्ध अस्पताल का है। स्ट्रैचर पर लाए गए उस मरीज़ को इमरजेंसी वार्ड में दाखिल किया गया। थोड़ी देर में वहाँ एक मध्यम कद वाला सांवला से थोड़ा गहरा और काला से थोड़ा कम वर्ण का डॉक्टर आया। नाम था मुतुस्वामी। सफ़ेद लिबास, ललाट पर सफ़ेद भस्म का टीका और अपनी सदाबहार मुस्कान से मरीज़ों को सुकून देने वाला अंदाज लिए वह मरीज की प्रारम्भिक जांच करने में जुट गया। मरीज की उम्र वही पच्चीस वर्ष के आसपास रही होगी। उसके साथ दो व्यक्ति थे और दोनों दिल थामे डॉक्टर की प्रतिक्रिया का इंतजार कर रहे थे। उनमें से एक की उम्र साठ के पार और दूसरे की पचास के आसपास जान पड़ती। साठ पार वाले की मनोदशा देख सहज ही अंदाजा लग रहा था कि वह मरीज के बाप हैं। साथ वाले कोई नजदीकी परिजन जान पड़ते थे। माहौल चिंताजनक था। कमरे में शांति ऐसी कि दीवार से लगी घड़ी की 'टिक-टिक' की आवाज़ साफ सुनाई पड़ रही थी।

"मामला सिरियस है। हर्ट ब्लोकेज जान पड़ता है। जल्दी से एमआरआई करना पड़ेगा।" – डॉक्टर ने प्रारम्भिक जांच-पड़ताल के बाद अपनी प्रतिक्रिया देते हुए कहा।

डॉक्टर की बात सुनकर परिजन और घबरा गए। दिल को थोड़ा मजबूत करते हुए वृद्ध ने पूछा – "मेरा बेटा ठीक हो जाएगा न डॉक्टर साहब?"

"वी विल डू आवर बेस्ट।" – डॉक्टर ने कहा और वहाँ से निकल दिया। जाते-जाते कह गया – "आपलोग जल्दी काउंटर में जाकर फी जमा कीजिए।"

मरीज अब भी अचेतावस्था में पड़ा था। सांसें चल रही थी मगर कब जवाब दे जाए कहना मुश्किल। सोचने-विचारने का समय नहीं। एक-एक पल महत्त्वपूर्ण। झटपट वृद्ध व्यक्ति काउंटर की ओर दौड़ पड़े। वहाँ जांच के सारे पैसे जमा किए और हाँफते हुए उस वार्ड में लौट आए जहां उनका बेटा साँसों के लिए जंग लड़ रहा था। बेटे के हाथों में हाथ डालकर मानो उसे दिलासा दे रहा हो कि तुम चिंता मत करो। तुम्हें कुछ नहीं होने देंगे। उसी समय वहाँ दो नर्सें आईं। मरीज़ को लेकर वे लोग टेस्टिंग लैब की ओर बढ़ गईं। इशारा पाकर परिजन लैब के बाहर ही रुक गए।

"पेसेंट विग्नेश के साथ कौन है?" – एक गोरा-सा हट्टा-कट्ठा डॉक्टर ने लैब से बाहर आते ही पूछा।

उसका नाम था डॉ॰ मैथ्यू। मैथ्यू और मुतुस्वामी उस अस्पताल के दो नामी कार्डियोलोजिस्ट थे। संयोग देखिए, दोनों एक ही शहर के वासिंदे थे। दोनों की आरंभिक पढ़ाई-लिखाई भी एक ही स्कूल से हुई थी। डॉक्टर मैथ्यू का जन्म एक बड़े नेता के घर हुआ था और डॉक्टर मुतुस्वामी एक मजदूर के घर पैदा हुआ था। दोनों भले ही एक ही शहर में पैदा हुए, पले-बढ़े और पढे-लिखे किन्तु दोनों की परवरिश में आकाश-जमीन का अंतर था। एक का बचपन आलीशान महलों में गुजरा और दूसरे का छोटी-सी झोपड़ी में। स्कूल के बाद एक का समय मौज-मस्ती में बीतता और दूसरे का मेहनत-मजदूरी से चंद रुपये जुटाने में। समय का चक्र आगे बढ़ा। मैथ्यू अपनी आगे की पढ़ाई के लिए विदेश चला गया और मुतुस्वामी ने अपनी आर्थिक तंगी से जूझते हुए देश में ही रहकर अपनी आगे की

पढ़ाई पूरी की। दोनों डॉक्टर बने और एक ही अस्पताल में दोनों ने नौकरी आरंभ की।

"जी डॉक्टर साहब! विग्नेश मेरा ही बेटा।" – वृद्ध व्यक्ति ने सामने आकर कहा।

"देखिए! मरीज़ का हार्ट ब्लोकेज़ है और मामला बहुत गंभीर है। जल्द से जल्द ऑपरेशन करना पड़ेगा नहीं तो मरीज की जान भी जा सकती है। आपलोग रुपयों की व्यवस्था कीजिए।" - डॉक्टर ने कहा।

"ऑपरेशन में कितना खर्च आएगा डॉक्टर साहब?" – उस वृद्ध ने पूछा।

"पाँच लाख के करीब।" - डॉक्टर ने जवाब में कहा।

"पाँच लाख! इतने रुपए हमारे पास नहीं है डॉक्टर साहब।"

"देखिए, इससे कम में ऑपरेशन नहीं हो सकता। समय बहुत कम है। सोचकर जल्दी निर्णय कीजिए।" - डॉक्टर ने जवाब में कहा।

सोचना क्या। बेटे की जान से बढ़कर उस वृद्ध के लिए कुछ भी नहीं था। बिना देरी किए उसने डॉक्टर से कहा – "ठीक है डॉक्टर साहब! कुछ रुपए हमारे पास है। काउंटर में जमा कर देता हूँ। बाकी रुपयों का इंतजाम करने के लिए घर जा रहा हूँ। आप बेटे का ऑपरेशन शुरू कर दीजिए।"

बेटे की देखरेख की ज़िम्मेदारी साथ आए परिजन को सौंपकर वह व्यक्ति गाँव चला गया। उसके पास जो भी जमीन-जायदाद थी सब बेच डाली। पूरे रुपए फिर भी नहीं जुट पाए। जान-पहचान वालों से कुछ उधारी ले ली। अब भी कुछ रुपए कम पड़ रहे थे तो एक साहूकार से ऋण उठा लिया। उसकी नजरों के सामने मरणासन्न अवस्था में पड़े बेटे की छवि बार-बार उभर रही थी। भूख-प्यास, नींद-चैन सब हराम हो चुकी थी। रुपयों को थैले में डालकर वह शहर की ओर निकल पड़ा। रास्ते में बस पकड़ी और एक थकाऊ यात्रा के बाद शहर जा पहुंचा। मन में विश्वास जग आया था कि रुपए का इंजताम हो गया है और अब बेटे को बचा लूँगा।

बस से उतरते ही वह एक हाथ में रुपयों से भरा थैला थामे बेतहाशा दौड़ पड़ा उस अस्पताल की ओर जहां बेटा एडमिट था। कुछ कदम आगे बढ़ा ही था कि उसके पैर लड़खड़ाने लगे। एक तो जर्जर शरीर ऊपर से

भूखा-प्यासा। संभले नहीं संभल सका। आँखों के आगे अंधेरा छा गया। लड़खड़ाते हुए वह वहीं गिर पड़ा बीच सड़क पर। लोगों की अफरा-तफरी मच गई। उसी समय वहाँ एक कार आकर रुकी। कार से एक व्यक्ति बाहर आया। वह व्यक्ति कोई और नहीं बल्कि डॉक्टर मुतुस्वामी था। उस वृद्ध के पास गया। नाड़ी देखी और उसे अपनी गाड़ी में लाद लिया। डॉक्टर को उस वृद्ध का चेहरा कुछ जाना पहचाना-सा लगा। दिमाग में ज़ोर देकर याद करने की कोशिश करने लगा। अचानक याद हो आई। अरे! यह तो वही व्यक्ति है जो कल अपने बेटे को लेकर हॉस्पिटल आया हुआ था। हो सकता है बेटे का सदमा लगा हो। उस व्यक्ति को लेकर डॉक्टर मुतुस्वामी अस्पताल जा पहुंचा।

वृद्ध व्यक्ति को कुछ देर बाद होश आया। वह अचकचा-सा गया। सामने डॉक्टर मुतुस्वामी था। उसे देखकर वह चौंकते हुए बोल उठा – "डॉक्टर साहब, आप यहाँ? मेरा बेटा कैसा है? उसका ऑपरेशन हो गया है न?"

डॉक्टर मुतुस्वामी एक पल के लिए सोच में पड़ गया। फिर कुछ विचार कर उसने कहा – "देखिए, सब ठीक हो जाएगा। आपकी हालत अभी अच्छी नहीं जान पड़ती, थोड़ा आराम कीजिए।" कहकर डॉक्टर साहब वहाँ से निकलने ही वाला था कि वृद्ध ने अपने थैले को आगे बढ़ाते हुए कहा – "लीजिए डॉक्टर साहब, मैंने अपनी सारी जमीन-जायदाद बेचकर पाँच लाख रुपए जुटा लिया है। बेटे की जान से बढ़कर मेरे लिए कुछ भी नहीं है। बस, मेरा बेटा को ठीक कर दीजिए। आपलोग भगवान के समान है। भगवान दिन-दुखियों की विनती जरूर सुनता है।"

डॉक्टर मुतुस्वामी को कुछ समझ नहीं आ रही थी कि आखिर चल क्या रहा है। उसने वृद्ध को ढाढ़स बँधाया और आँसू पोंछते हुए वहाँ से निकल गया। अपना चैंबर पहुँचते ही उसने तुरंत उस नर्स को बुलवाया जो उस दिन मरीज के साथ लैब गयी हुई थी। नर्स आकर डॉक्टर के सामने मूर्तिवत खड़ी हो गयी।

"सिस्टर! कल हार्ट ब्लोकेज़ वाले उस पेसेंट के बारे में जानना है।" - डॉक्टर ने उस नर्स को तीखी नजरों से घूरते हुए पूछा।

नर्स भला क्या कर सकती। उस दिन की सारी कहानी उसने विस्तार से बतला दी।

डॉक्टर मुतुस्वामी आग बबूला हो उठा। उससे रहा नहीं गया। तुरंत अपनी कुर्सी से उठा और सीधे डॉक्टर मैथ्यू के चैम्बर की ओर बढ़ गया। डॉक्टर मैथ्यू अपने चैम्बर में ही मिला। वह किसी से मोबाइल पर बात कर रहा था। सामने मुतुस्वामी को देखते ही उसने बात जल्दी से निपटाकर फोन रख दिया। मुतुस्वामी का तेवर ने काफी कुछ बयान कर दिया था। उसे माजरा समझते देर नहीं लगी।

"मैथ्यू! क्या तुम्हारे अंदर की सारी इंसानियत मर चुकी है?" – डॉक्टर मुतुस्वामी ने अपने अंदर के क्रोध को थोड़ा नियंत्रित करते हुए कहा।

"मतलब, मैं कुछ समझा नहीं?" – डॉक्टर मैथ्यू ने जवाब में कहा। सबकुछ जानते हुए भी वह अनजान बनने का नाटक कर रहा था।

"डों'ट ट्राइ टु बी स्मार्ट। मुझे तुम्हारी सारी काली करतूतों के बारे में पता चल गया है।" – उसने दहाड़ते हुए कहा।

"तो मैं क्या करूँ? पता चल गया तो चल गया। बहुत ज्यादा क्या करोगे मेरी शिकायत मैनेजमेंट से कर दोगे। जाओ करो उन्हें भी इसका पूरा कमीशन मिलता है। कोई तुम्हारा साथ नहीं देगा।"

"अरे! मैनेजमेंट को गोली मारो। जिस अन्न के दाने से तुम हर दिन अपना पेट भरते हो। उस दाने का भी जरा लाज रख लिया करो। कल हार्ट ब्लोकेज वाले जिस मरीज ने एमआरआई के तुरंत बाद दम तोड़ दिया था, वह एक गरीब किसान का बेटा था। मुझे उसकी मृत्यु पर बहुत दुःख हुआ। समय पर अगर वह वृद्ध किसान अपने बेटे को यहाँ ले आता तो उसकी जान बचाई जा सकती थी परंतु, ऐसा नहीं हो सका। मैंने पूर्ण संवेदना के साथ उसकी डेथ बॉडी उनके परिजनों को सौंप देने के लिए कहा था। मगर तुम जैसे गिद्धों की नज़र उस पर पड़ गई। गिद्धों को बस चिथड़ा चाहिए। उसे इस बात से कोई फर्क नहीं पड़ता कि मृत शरीर किसका है। उसी तरह तुमलोगों को सिर्फ रुपए चाहिए, रुपए। तुम्हें इस बात से कोई फर्क नहीं पड़ता कि लूटा जाने वाला व्यक्ति कौन है। मौका मिला कि मुरदों पर कालाबाजारी शुरू कर दो। शर्म आती मुझे तुम्हारी

ऐसी अमानवीय करतूतों पर।" – मुतुस्वामी ने जी भर उसे सुना दिया।

"देखो मिस्टर, मुतुस्वामी! ज्ञान की पाठ मुझे मत पढ़ाओ। मुझे नहीं पता सही क्या और गलत क्या। अपनी इन्हीं उपलब्धियों की बदौलत मैंने पदोन्नति पाई है। तुमसे सीनियर बन बैठा हूँ। मैनेजमेंट द्वारा दिए गए लक्ष्य से ज्यादा मैंने उगाही उन्हें दी है। आज उनकी नजरों में हीरो हूँ हीरो। और पता है तुम जैसे हरिश्चन्द्र को वे क्या समझते? संस्था की सबसे बड़ी लाईबलिटी। हम संस्था के लिए काम करते हैं और ऐशो-आराम से जीते हैं। तुम जैसे लोग खोखले आदर्शवादिता का चद्दर औढे यूं ही घूमते-फिरते रहोगे। कभी प्रमोशन नहीं मिल पाएगा। कभी जिंदगी में आगे नहीं बढ़ पाओगे। आगे बढ़ने के लिए थोड़ा-बहुत ऊंचा-नीचा करना पड़ता है। और देखो, उसका बाप रुपए लेकर आ जाएगा। बहुत डरा दिया है मैंने। तुम बस अपना मुंह बंद रखो। आधी रकम तुम्हारे पास पहुँच जाएगी।"

"थू! मुझे घृणा होती है तुम्हारी इस घटिए सोच पर। मैं एक गरीब बाप का बेटा हूँ। एक गरीब का दर्द भलीभाँति समझ सकता हूँ। तुम जैसे संस्कारहीन व्यक्ति इसे भला क्या समझ सकता है। जनता से लूटे हुए रुपयों पर पले-बढ़े हो। आम लोगों का दर्द तुम क्या जानो। मैं पसीने की कमाई पर पला-बढ़ा हूँ। खून-पसीने का कर्ज़ समझ सकता हूँ। रुपए, पद और पोजीशन की लालच में अपना ईमान कभी नहीं बेच सकता। डॉक्टर भगवान का रूप होता है। लोगों की भी यही मान्यता है और इस भगवान की छवि पर जीते-जी कभी दाग नहीं लगने दूंगा। जनसेवा कर्म मेरा, जनसेवा धर्म मेरा।"

जाते-जाते वह कह गया – "मरीज का डेथ बॉडी निकलवा दो। उसके परिजन को सौंपना है।"

डॉक्टर मुतुस्वामी वृद्ध के पास पहुंचा। वह अपने बेटे की सलामती की दुआ मांग रहा था। डॉक्टर को देखते ही उनकी आँखों में चमक आ गई।

"डॉक्टर साहब! बेटे की हालत कैसी है? उसका ऑपरेशन हो गया न?"

डॉक्टर को समझ नहीं आ रही थी कि क्या जवाब दें। उसी समय उस वृद्ध व्यक्ति ने रुपए से भरे थैले को आगे बढ़ाते हुए कहा – "ये रुपए

रख लीजिए आप। इससे ज्यादा अब हम नहीं दे सकते।"

डॉक्टर मुतुस्वामी के लिए हर एक क्षण अत्यंत असहनीय हो चला था। सच्चाई बयान करने की वह हिम्मत नहीं जुटा पा रहा था। चेहरा उतर चुका था। उसका चेहरा ही काफी कुछ बयान करने लगा था। उसके चेहरे के भाव से वृद्ध को कुछ अनहोनी की भनक लग गयी। उसका हृदय डॉक्टर के मुंह से कुछ सुनने के लिए तड़प उठा।

डॉक्टर ने बड़ी हिम्मत जुटाकर मुंह खोला और काफी मशक्कत के बाद शब्द निकले – "रुपए अपने पास रख लीजिए। इसकी जरूरत नहीं।" और फिर रुँधते गले से आगे बोला – "माफ कीजिएगा, आपके बेटे को हम बचा नहीं सके।"

इतना सुनना था कि उस वृद्ध को एक ज़ोर की हिचकी आई और वह वहीं शांत पड़ गया।

****

6

अरमानों के पंख

विश्व कैडेट तीरंदाजी चैम्पियनशिप में स्वर्ण पदक जीतने के बाद देश के हर किसी की ज़ुबां पर तेईस साल की सुभाषिणी का नाम तैरने लगा था। कल तक जिसे कोई जानता भी नहीं था आज बच्चा-बच्चा उसके नाम से परिचित हो गया। सोशल मीडिया के सारे प्लेटफॉर्म उसके फोटो से मानो पट-सा गया हो। फ़ेसबुक, ट्विटर, व्हाट्सअप, इन्स्टाग्राम से लेकर यूट्यूब तक उसी की चर्चा हो रही थी।

देश वापस लौटते ही उसका भव्य स्वागत किया गया। मीडिया वाले उसके इर्द-गिर्द मंडराने लगे। तरह-तरह के इंटरव्यू लिया जाने लगा। उसके जीवन से जुड़ी हर पहलू को जानने के लिए मीडिया वालों के बीच मानो एक होड़-सी लग गई हो। परंतु, पता नहीं क्यों सुभाषिणी अपने निजी जीवन के बारे में कुछ बोलना नहीं चाहती थी। मिडिया वाले थक-हार गए परंतु, उसके मुख से निजी जीवन के बारे में कुछ उगलवा नहीं सके।

जैसे ही प्रीतम को सुभाषिणी का संदेश मिला कि वह गाँव लौटना चाहती है उसके स्वागत की तैयारी में वह पूरे मन से जुट गया। उसे यह भी पता नहीं कि इतनी बड़ी सेलिब्रिटी बनने के बाद सुभाषिणी उसे याद रखेगी भी या नहीं किन्तु, उसकी इतनी बड़ी सफलता से मन में उपजे उमंग की अतिशयता को वह रोक न सका। स्वागत की तैयारी में कोई कसर नहीं रहने दिया। गाँव लौटते ही वहाँ सुभाषिणी का भव्य स्वागत

हुआ। पूरे गाजे-बाजे के साथ गांववालों ने उसका स्वागत किया।

गाँव में एक दिन ही गुजरा था कि वहाँ भी मीडिया वाले आ धमके। बहुत रिक्वेस्ट करने के बाद वह एक राष्ट्रीय टीवी चैनल पर अपना इंटरव्यू देने के लिए बमुश्किल तैयार हुई।

अगले दिन उसे इंटरव्यू के लिए जाना था। मन में कई सारी दुविधाएँ थीं। पता नहीं इंटरव्यू लेने वाले क्या-क्या सवाल पूछ बैठेंगे। कहाँ तक उनका जवाब दे पाऊँगी? उस दौरान क्या बताना है, क्या छिपाना है? किस सीमा तक अपने निजी जीवन को सार्वजनिक मंच पर साझा करना चाहिए? और इसी तरह के अनेक सवाल मन में उमड़-घुमड़ रहे थे। उसी समय दिमाग में प्रीतम का ख्याल आया। गाँव आने के बाद मात्र एक ही बार प्रीतम से मुलाक़ात हो सकी थी। वह उससे ढेर सारी बातें करना चाहती भी परंतु, मिलने वालों का ऐसा तांता लगा हुआ था कि वह उसी में उलझ कर रह गयी। सोचा, फुरसत में उसे घर बुलाकर मन भर बात करूंगी।

प्रीतम को बुलावा भेजा गया। ख़बर मिलते ही वह तुरंत वहाँ आ पहुंचा। प्रीतम को देखते ही उनकी आँखों में एक चमक आ गई। दोनों एक-दूसरे को कुछ पल तक देखते रहे। निःशब्द। दोनों की उलझी हुई निगाहें बहुत कुछ बयां करने लगे थे। अचानक सुभाषिणी को कुछ भान हुआ और वह सकपकाती हुई बोली – “कैसे हैं आप? बैठिए न, खड़े क्यों हैं?”

सामने पड़ी कुर्सी सरकाते हुए प्रीतम उस पर बैठ गया और जवाब देते हुए बोला – “बस, किसी तरह जीवन कट रहा है। और... तुम बताओ, कैसा लग रहा है इतनी बड़ी सेलिब्रिटी बनने के बाद?”

“अच्छा लग रहा है। बहुत खुश हूँ। आपने जो सपने मेरी आँखों में बुने थे उसे साकार कर लिया है। और इसका सारा क्रेडिट आपको जाता है। जो कुछ हूँ आपकी वजह से।” – सुभाषिणी ने जवाब देते हुए कहा।

“ना बाबा ना, झूठी प्रशंसा मुझे स्वीकार नहीं। इस प्रशंसा का अगर कोई हकदार है तो वह है सिर्फ और सिर्फ सुभाषिणी।” – प्रीतम ने कहा।

“बिलकुल गलत, सुभाषिणी तो उसी दिन दामोदर में जलसमाधि ले चुकी थी। आज जिस सुभाषिणी की आप दुहाई दे रहे हैं उसे आप ही

ने एक नया जीवन दिया है। इसीलिए इसकी सफलता का सारा क्रेडिट आपको ही जाता है।"

"खैर छोड़ो, मुझे तो लगा था कि सफलता के शिखर पर पहुँचकर तुम भला पीछे मुड़कर क्यों देखोगी। चकाचौंध वाली जिंदगी में इतनी गुम हो जाओगी कि अपना अतीत बहुत पीछे छूट जाएगा। हम जैसे मामूली-से आदमी को भला कौन याद रखेगा। मैं उस वक्त भी एक मामूली स्पोर्ट टीचर था और आज भी वही हूँ। परंतु, तुम्हारी इस बुलंदी से मैं सचमुच बहुत गदगद हूँ।" – प्रीतम ने एकदम गदगद मन से कहा।

इसी तरह की ढेर सारी बातें दोनों के बीच होती रही।

सुभाषिणी को समय का भान हुआ और विषय को पलटते हुए वह बोल पड़ी – "अच्छा, कल मेरा एक टीवी चैनल पर लाइव इंटरव्यू है। उसी को लेकर थोड़ा टेंशन में हूँ। आप ही कुछ मदद कर सकते हैं।"

"आदेश करो।" – प्रीतम ने कहा।

"आदेश नहीं, हम्बल रिक्वेस्ट है। उसी इंटरव्यू को लेकर असमंजस में हूँ। पता नहीं, वे लोग क्या-क्या सवाल पूछ बैठेंगे? कहाँ तक मुझे अपने निजी जीवन की बातें साझा करना चाहिए, समझ नहीं आ रही है। किस बात को बताऊँ, किसे छिपाऊँ कुछ मदद कीजिए न?" – सुभाषिणी ने मन की उलझन उजागर करते हुए कहा।

एक लंबी सांस छोड़ते हुए प्रीतम बोला – "देखो सुभाषिणी! मेरी बात मानो तो तुम्हें कुछ भी छिपाने की जरूरत नहीं है। खुले दिल से इंटरव्यू दो। लाखों युवाओं की तुम प्रेरणा बन चुकी हो। तुम्हारे संघर्ष की कहानी जब दुनिया के सामने आएगी तो न जाने कितने और लोग प्रेरित होंगे और अपने जीवन के अंधकार से बाहर आने में कामयाब होंगे। इसीलिए निःसंकोच होकर खुले मन से इंटरव्यू दे आओ।"

"आपको भी साथ में चलना है।" – सुभाषिणी ने कहा।

"अरे! नहीं-नहीं मैं वहाँ क्या करूंगा? तुमने मुझे याद रखा यही मेरे लिए बहुत सौभाग्य की बात है।" - प्रीतम ने झिझकते हुए कहा।

"देखिए! आप नहीं जाएंगे तो मैं भी मना कर देती हूँ।"

"कैसी पागल जैसी बातें कर रही हो? ऐसे अवसर पाने के लिए दुनिया में लोग तरसते हैं और तुम हो कि इसे यूँ ही गंवा देना चाहती हो।" –

प्रीतम ने उसे समझाया।

"मुझे कुछ नहीं सुनना है। आप साथ में चलेंगे तभी मैं जाऊँगी।" - बड़ी आत्मीयता के साथ सुभाषिणी ने कहा।

इस बार उसकी बात प्रीतम ठुकरा नहीं सका और कहा – "ठीक है, यदि तुम मुझे इस लायक समझती हो तो साथ में जरूर चलूँगा।"

स्टुडियो में लाइट, कैमरा सबकुछ तैयार था। इंटरव्यू आरंभ हो गया। इधर-उधर की कुछ हल्की-फुलकी बातों से इंटरव्यू की शुरुआत हुई। समय के साथ सवालों की गहराई बढ़ने लगी। और इंटरव्यूवर ने आखिरकार वही पूछ लिया जिससे सुभाषिणी बचना चाहती थी – "सुना है, आप ने इस मुकाम को हासिल करने के लिए खूब संघर्ष किया है। अपने संघर्ष के बारे में विस्तार से बताइए और आप इस दिशा में आगे बढ़ने के लिए प्रेरित कैसे हुईं? आपसे व्यक्तिगत जीवन के बारे में पूछने पर आप बात टाल क्यों देती हैं?"

इस सवाल का जवाब कहाँ से शुरू करें सुभाषिणी को कुछ समझ नहीं आ रही थी। उसने ऑडियन्स के बीच बैठे प्रीतम पर नज़र डाली। प्रीतम ने उसे थम्ब का इशारा दिया और उसका हौसला बढ़ाया।

सुभाषिणी ने सामने रखे बोतल से एक घूंट पानी लिया और अपनी बात आरंभ करती हुई बोली – "देखिए! बिना संघर्ष का जीवन में कुछ भी हासिल नहीं होता है। मैं इस बात का पक्का समर्थक हूँ कि संघर्ष ही जीवन है।"

एक छोटा-सा विराम और फिर आगे – "जहां तक मेरे संघर्ष की बात है तो यह एक लंबी संघर्ष गाथा है। और इस संघर्ष गाथा के प्रत्यक्ष साक्षी के रूप में मेरे प्रिय मित्र प्रीतम जी आज हमारे साथ यहाँ उपस्थित है।"

कैमरा प्रीतम की ओर मुड़ा। उसने हाथ जोड़कर आभार प्रकट किया।

बात आगे बढ़ी। सुभाषिणी ने बोलना जारी रखा – "मैं बचपन से बहुत महत्वाकांक्षी रही हूँ। आँखों में बड़े-बड़े सपने लिए स्कूल जाया करती थी। पढ़ाई-लिखाई में अच्छी थी परंतु, खेलकूद में उससे भी ज्यादा अच्छी। एक बार स्कूल के दिनों में इंटर स्कूल कबड्डी की प्रतियोगिता हो रही थी। अपने स्कूल की टीम की ओर से मैं भी खेल रही थी। कई मैच जीतने के बाद हमारी टीम आखिरकार फाइनल में पहुँच गई।

प्रतिद्वंद्वी टीम भी बहुत अच्छी थी। मुक़ाबला कांटे का था। खेल की शुरुआत में थोड़ी बढ़त के बाद हमारी टीम लगातार पिछड़ने लगी और थोड़ी ही देर में हम इस कदर पिछड़ गए कि अब वहाँ से कोई चमत्कार ही हमें विजय दिला सकता था। मैदान में अब भी मैं जमी हुई थी परंतु, अपनी टीम की सबसे जूनियर खिलाड़ी होने के नाते लोगों को मुझसे कुछ ज्यादा उम्मीद नहीं थी। सभी ने लगभग हमारे जीतने की आशा छोड़ दी थी। उस वक़्त अचानक पता नहीं कहाँ से मेरे अंदर एक अदम्य जोश भर आया और पूरे दम-खम से मैं लकीर पार कर विरोधी के पाले में दाखिल हुई। सभी ने पोजीशन लेकर मुझे घेर लिया और मौका देखते ही एक ने मेरी टांग पकड़ने की कोशिश की। मैंने बड़ी फुर्ती के साथ उसे छकाया और तीन और जनों को छूकर अपना कोर्ट में वापस आ गई। मेरा हौसला और बढ़ गया और अपने दम पर अंत में अपनी टीम को विजय दिलाने में सफल रही।"

ऑडियन्स में जोरदार तालियाँ बजने लगी। प्रीतम ने भी खड़े होकर तालियाँ बजाई।

"बचपन की यही यादें मेरे जीवन का सबसे बेस्ट पार्ट है। इससे आगे की यादें पता नहीं मैं कहाँ तक बयां कर पाऊँगी।"

और उसके खिले हुए चेहरे धीरे-धीरे मुरझाने लगे।

उसका बोलना जारी था – "सोलह वर्ष की उम्र में मेरी शादी कर दी गई थी। शादी वैसे करना तो नहीं चाहती परंतु, मजबूरी थी। पिताजी को टीबी की बीमारी थी। एक दिन अचानक वो हमें छोड़ गए। हमारे परिवार पर दु:खों का पहाड़ टूट पड़ा। माँ असहाय थी। चार-चार बच्चों को पालने-पोसने की ज़िम्मेदारी उसके कंधों पर आ गई। उसी वर्ष मैंने मेट्रिक की थी। आगे की पढ़ाई अब छूट चुकी थी। मैं भी मेहनत मजदूरी कर माँ को जीवन की गाड़ी आगे बढ़ाने में मदद करने लगी। समय का चक्र घूमता रहा। बढ़ती उम्र के साथ माँ को मेरी शादी की चिंता रात-दिन सताने लगी। उसका सुख-चैन सब पिताजी के देहांत के साथ ही लूट चुका था। एक दिन किसी दूर के जान-पहचान वाले ने मेरे लिए एक रिश्ता ले आया। बात बन गई और बियाह कर मैं ससुराल चली गई।

वहाँ सबकुछ सही था। ससुराल में मुझे खूब लाड़-प्यार मिलने लगा। मैं भी अपनी नई दुनिया में खुशीपूर्वक जीने लगी थी। मेरे पति मुझे खूब प्यार करते। ससुराल वाले भी मुझ पर खूब प्यार लुटाते। इसी तरह लगभग दो साल बीत गए। अठारह वर्ष की उम्र में मैंने एक बच्चे को जन्म दिया। अब माँ बन चुकी थी। मेरा अधिकांश समय अपने नन्हें बेटे की देख-रेख में बीतने लगा था। घर के सारे लोग खुश थे। जीवन एकदम खुशहाल था। फिर पता नहीं कैसे हमारी खुशी पर किसी की नजर लग गई। एक दिन मेरा बच्चा बीमार पड़ा और यह दुनिया छोड़ गया। घर की सारी खुशियाँ एक ही झटके में लूट गई। लगभग साल भर लग गया मुझे उस सदमे से उबरने में। धीरे-धीरे मैं अपनी पुरानी यादें भुलाकर एक नई शुरुआत करने के लिए तैयार होने लगी थी। यह काम मेरे लिए आसान नहीं था परंतु, मुझे इस सच्चाई को स्वीकारना ही था।

बड़ी मुश्किल से अपने बेटे को खोने की सदमे से उबरा ही था कि एक दिन अचानक खदान के ढह जाने ने मेरे पति उसी में दब कर.............।" और वह फफक कर रो पड़ी।

इंटरव्यूवर ने नैपकिन आगे बढ़ाते हुए उसे सांत्वना दी।

वह थोड़ी देर तक चुप रही और अपनी सिसकियों को नियंत्रित करने की कोशिश करती रही। माहौल गमगीन हो चुका था। सभी की आँखें नम थीं।

प्रीतम से रहा नहीं गया। आगे आकर उसने सुभाषिणी के कंधों पर हाथ रखते हुए उसे सांत्वना देने की कोशिश की। उसे सहारा देकर उसका हौसला बढ़ाया।

किसी तरह खुद को मजबूत करते हुए सुभाषिणी ने आगे बोलना आरंभ किया – "एक ही झटके में मेरी दुनिया उजड़ चुकी थी। ससुरालवालों ने दोनों की मृत्यु का जिम्मेदार मुझे मान लिया था और मनहूस बताकर मुझे गाँव से बाहर कर दिया गया। गाँव की सीमा की समाप्ति पर एक छोटी-सी घास-फूस से बनी कुटिया अब मेरा नया ठिकाना बन गया था। गाँव के लोग मेरी छाया से भी घबराने लगे थे। हर दिन मैं घुट-घुट कर जीने के लिए मजबूर थी। आखिरकार ऐसा कब तक चलता। थोड़े ही दिनों में मेरी हिम्मत जवाब देने लगी थी।

एक दिन दिल पर पत्थर रख कर मैंने एक कठोर निर्णय कर लिया। न रहेगी बांस और न बजेगी बांसुरी। उस रात तेज बारिश हो रही थी। उस बारिश में मेरी आधी कुटिया नष्ट हो चुकी थी। भोर होते-होते कुटिया में पूरा पानी भर आया। धरती माँ को प्रणाम किया और बगल से बह रही दामोदर की उफनती धारा में छलांग लगा दी।"

वहाँ बैठे सभी ऑडियन्स की साँसे थम-सी गई थी। लोगों के कान उससे एक-एक शब्द सुनने के लिए बेसब्र थे।

फिर उसने आगे कहा – "मेरी आँखें जब खुली तो देखा कि मैं किसी अस्पताल के बिस्तर पर पड़ी हुई हूँ। सफ़ेद लिबास में नर्स एवं डॉक्टर वहाँ नज़र आए। आगे कुछ सोच पाती उसी समय प्रीतम वहाँ आकर मेरे सामने खड़े हो गए। उनकी आँखों में अनेक सवाल थे। इतने दिनों के बाद अचानक प्रीतम को इस कदर सामने देखकर मैं स्तब्ध थी। मैंने उसे गौर से देखा। हाँ, यह तो वही प्रीतम था जो स्कूल के दिनों में मुझे खूब चिढ़ाया करते थे। वह मुझसे चार क्लास सीनियर था। परंतु, धीरे-धीरे हमारे बीच अच्छी दोस्ती हो गई थी। उसे मेरी बचकानी हरकत अच्छी लगती और मुझे उसकी मधुर मुस्कान।

फिर क्या, प्रीतम के अपनापन ने मुझे एक नया जीवन दे दिया। उसने मेरा काउंसिलिंग करवाया और समय के साथ अपने पास्ट को भुलाकर एक नई शुरुआत करने के लिए मुझे प्रेरित किया। आज मैं जो कुछ हूँ बस उसी की प्रेरणा की बदौलत।

उन्होने मुझमें आर्चरी का बीज बोया। मैं आर्चरी सीखने लगी। समय के साथ मैं इसमें माहिर होती गई। जब उन्हें लगा कि मैं अपने अरमानों के पंख के सहारे उड़ान भरने के लिए तैयार हो चुकी हूँ, तो अपना सबकुछ दांव पर लगाकर उन्होने मुझे राज्य के एक प्रसिद्ध आर्चरी संस्थान में दाखिला दिलवा दिया।

मैं भी उसकी इस अहसान का बदला उन्हें अपनी सफलता से चुकाना चाहती थी। अपने आप को आर्चरी के लिए समर्पित कर दिया था। दिन-रात एक कर दिया इस मुकाम को हासिल करने के लिए। और आज मेरी सफलता की कहानी आपके सामने है।"

एक बार जोरदार तालियों की गड़गड़ाहट से वहाँ का आसमान गुंजायमान हो उठा।

प्रीतम अपनी भावनाओं को रोक नहीं सका। वह मंच पर आया और अपनी दोनों बाहों को फैला दिया। सुभाषिणी ने भी उसकी भावनाओं को समझने में कोई गलती नहीं की और सीधे जाकर उसके बाहों से लिपट गई। एक बार फिर जोरदार तालियों की गूंज आसमान में गुंजायमान हो उठा।

****

7

अपना फ़र्ज

1

रत्नावली तड़के सुबह उठी और नहा-धोकर पूजा में बैठ गई। उनके पति दामोदर प्रसाद वैसे नींद में तो नहीं थे परंतु, इतने तड़के उठने की उन्हें इच्छा नहीं हुई और वे यूँ ही बिस्तर पकड़े रहे। बीते कुछ दिनों से उनके घुटनों का दर्द ज़रा बढ़-सा गया था और अन्दर-ही-अन्दर हल्की कंपकपी का अनुभव हो रहा था। थोड़ा चल-फिर लेता तो साँसे फूलने लगती। वजह कोई खास बीमारी नहीं बल्कि, बुढ़ापा ही उनकी सबसे बड़ी बीमारी थी।

दामोदर प्रसाद बहत्तर साल के हो चुके थे। रिटायरमेंट के बाद कुछ वर्षों तक वे अपने बेटे के साथ दिल्ली में रहे फिर बेटा विदेश चला गया और अपने माँ-बाप को वह हरिद्वार के गंगाधाम वृद्धाश्रम में छोड़ गया। दामोदर प्रसाद अपनी पत्नी रत्नावली के साथ करीब पाँच वर्षों से यहीं वृद्धाश्रम में रह रहे थे। उन्होंने कभी सपनों में भी नहीं सोचा था कि जीवन की आखिरी पारी उन्हें इस तरह किसी वृद्धाश्रम में बिताना पड़ेगा। लेकिन अब उन्हें अहसास हो गया था कि इस हालत के लिए वे खुद जिम्मेदार हैं। इसका दोष सिर्फ़ बेटे के सिर मढ़ना उचित नहीं। वास्तविकता भी वही थी। बेटे की परवरिश में पानी की तरह धन-दौलत बहाया था। आधुनिक सुख-सुविधाओं से लेकर पढ़ाई-लिखाई में कोई कमी नहीं रखी थी। किसी चीज की मांग भर की देरी रहती और वह फौरन

बेटे के सामने उपलब्ध हो जाता। बेटे को सबकुछ दिया लेकिन प्रसाद दंपति ने उसके साथ पर्याप्त समय बिताना कभी आवश्यक नहीं समझा और यही गलती उन्हें अब खूब परेशान करने लगी थी।

दामोदर प्रसाद ने कुछ महीनों से यह भी अनुभव किया कि उनकी पत्नि 'रत्ना' फिर वही पुरानी वाली 'रत्नावली' बनने की कोशिश कर रही है, जो वह शादी से पहले हुआ करती थी। उन्हें अच्छी तरह याद है कि रत्ना जब शादी होकर आई थी तो कितनी धार्मिक प्रवृत्ति की थी। हर चीज को वह धर्म के चश्में से देखती थी। जहां धर्म नहीं वहाँ उसकी कोई दिलचस्पी नहीं। बहुत रोक-टोक और समझाने के बाद ही वह धीरे-धीरे खुद को बदलने के लिए तैयार हुई थी। धर्म के इतर की दुनिया को धीरे-धीरे स्वीकारने लगी थी। फिर एक समय ऐसा आ गया जब वह 'रत्नावली' से बदलकर 'रत्ना' हो गई। सिर्फ़ नाम ही नहीं बदला बल्कि, उसका पूरा व्यक्तित्व ही बदल चुका था। एकदम मॉडर्न हाव-भाव और सोच वाली रत्ना बन गई थी। ठीक वैसी ही रत्ना जिसकी कल्पना दामोदर प्रसाद ने अपने मन में कर रखी थी। पूजा-पाठ से दूरी बनती गई और आधुनिकता की हर चीज को दोनों हाथों से बटोरकर अपने व्यक्तित्व में वह समाहित करती गई। यहाँ एक बार फिर रत्ना उसी राह पर चल पड़ी थी। पूजा-पाठ और भजन-कीर्तन में मन हरदम रमा रहता। मन में एक अदृश्य पीड़ा थी, जिसे वह किसी से शेयर नहीं करती। उसमें बस खुद डूबती-उबरती रहती।

रत्नावली ज़्यादा पढ़ी-लिखी नहीं थी। मेट्रिक तक की ही पढ़ाई हो पायी थी। उसकी पढ़ाई जारी ही थी कि एक दिन शादी का प्रस्ताव आ गया। लड़का नौकरी वाला था और परिवार का भी समाज में अच्छा-खासा रुतबा था। नाते-रिश्तेदारों की सलाह मानकर घरवालों ने उसकी शादी कर दी। इसी के साथ, हँसी-खुशी वह ससुराल चली आई। यहाँ का माहौल मायके से भिन्न था किन्तु, समय के साथ उसने खुद को यहाँ के ढांचे में ढाल लिया और इसी तरह जीवन की गाड़ी पर सवार होकर आगे बढ़ चली।

भगवान की पूजा-आरती सम्पन्न हुई। रत्नावली पूजा से उठी और भोग लिए पति के पास जा पहुंची परंतु, वहाँ दामोदर प्रसाद अभी तक

बिस्तर पर ही पड़े हुए थे। उन्हें सोए हुए देखकर वह बोल पड़ी - "आप अभी तक नहा-धोकर तैयार नहीं हुए हैं क्या?"

दामोदर प्रसाद जरा सोच में पड़ गए। तैयार होने की बात सुनकर पूछ बैठे – "क्यों इतनी सुबह-सुबह? कहीं जाना है क्या?"

रत्नावली ने कहा – "हाँ, कल आपको बताया था न? आज कृष्णजन्माष्टमी है। मंदिर जाकर हम पूजा कर आएंगे।"

दामोदर प्रसाद ने कहा – "मुझे तो ऐसा कुछ नहीं कहा था।"

रत्नावली अफसोस जताते हुए बोली – "ओह! लगता है अब मुझे भी विस्मृति का रोग लग गया है। जरूरी बातें भी अब भूलने लगी हूँ।"

"चलो कोई बात नहीं, अभी तैयार होकर आता हूं।" दामोदर प्रसाद ने कहा और बिस्तर से उठकर नहाने चल दिए।

2

गंगाधाम वृद्धाश्रम के बगल में स्थित वसंत कुंज सोसाइटी में कृष्णजन्माष्टमी के अवसर पर एक भव्य सांस्कृतिक संध्या का आयोजन किया गया था, जिसमें मशहूर गायक अभिनव चंचल जी आ रहे थे। हर जगह उनके पोस्टर लगा दिए गए थे। अभिनव चंचल गायन के क्षेत्र में एक नामी हस्ती के रूप में जाने जाते थे। भक्ति संगीत के साथ-साथ बॉलीवुड के कई प्रसिद्ध फिल्मी गानों में भी वे अपना स्वर दे चुके थे। एक तरफ जहां युवा वर्ग उनके फिल्मी गानों के मुरीद थे वहीं धार्मिक प्रवृत्ति वाले लोग उनके धार्मिक गीतों और भजनों के दीवाने।

शाम सात बजे का समय था। बसंत कुंज सोसाइटी में बने पंडाल में लोग जुटने लगे थे। थोड़ी देर में ही वहाँ लगी सारी कुर्सियाँ भर गईं । अब लोग पंडाल के किनारे-किनारे आकर खड़े होने लगे थे। उसी समय प्रसाद दंपति वहाँ जा पहुंचा। दामोदर प्रसाद को तो ऐसे कार्यक्रमों में ज्यादा दिलचस्पी नहीं थी परंतु, पत्नी ने जिद्द की थी इसीलिए वे चले आए थे। थोड़ी ही देर में अभिनव चंचल का कार्यक्रम शुरु होने वाला था। उनके भजनों को रत्नावली बहुत चाव से सुना करती थी। आज जब बगल में ही उसका लाइव कार्यक्रम होने की खबर उसे मिली तो उसका मन यहां आने के लिए मचल उठा। दामोदर प्रसाद भी उसे ना नहीं कर पाए।

पंडाल किनारे प्रसाद दंपति जा खड़े हुए। भीड़ बहुत हो चुकी थी। कुर्सियाँ कहीं भी खाली नज़र नहीं आ रही थी। मन में वही विचार कर रहे थे कि इतनी भीड़ में वे खड़े-खड़े कैसे कार्यक्रम देख पाएंगे। उसी समय बगल की कुर्सी पर बैठे एक नवयुवक शिष्टाचार का परिचय देते हुए अपने एक और साथी के साथ उठ खड़ा हुआ और उन्हें अपनी कुर्सियां बैठने के लिए ऑफर कर दी। दोनों ने कृतज्ञता जताते हुए अपनी-अपनी कुर्सी थाम ली।

वहां कोलाहल तेज हो गया था। सभी लोग मंच की ओर टकटकी लगाकर देखने लगे थे। शायद अभिनव चंचल वहां आ पहुंचे थे। उसी समय माइक से एनाउंस हुआ – "आज के मुख्य कलाकार जिनके लिए आप सभी दिल थामकर बैठे हैं, मशहूर गायक श्री अभिनव चंचल जी हमारे बीच पधार चुके हैं और शीघ्र ही वे अपनी परम पूजनीया माताजी के साथ मंच पर शिरकत करने वाले हैं। आप सभी से अनुरोध है कि अपनी-अपनी जगह पर शांति बनाए रखें, धन्यवाद।"

अभिनव चंचल का मंच पर कदम पड़ते ही एक जोरदार कोलाहल और अतिशय आनन्द के कारण लोगों के मुख से निकली हर्षित ध्वनि से वहां का आसमान गूँजायमान हो उठा। उनकी झलक पाकर लोग खुशी के मारे झूम उठे। भीड़ में कुछ लोग मुख से सिटियां बजा-बजाकर आनन्द लेने लगे। उनके लिए आनन्द केवल आनन्द का विषय है; क्योंकि आर्केस्ट्रा के समय जब कमसिन बालाएं अपनी कमर लचकाकर मंच पर ठुमके लगाती हैं तब भी वे वैसी ही सिटियां बजाते हैं और आज जब अभिनव चंचल अपने भक्ति गीतों के साथ मंच पर उपस्थित हुए हैं तब भी।

माइक थामते ही अभिनव चंचल ने अपनी सुरीली आवाज में सर्वप्रथम ईश वंदना प्रस्तुत की। तत्पश्चात एक संक्षिप्त परिचय के साथ उन्होंने मंच पर दाईं ओर लगी सिंहासननुमा कुर्सी पर बैठी अपनी पूजनीय माँ को शीश झुकाकर नमन किया। सभी का अभिवादन किया और **"कान्हा की वंशी की धुन पर गोपिया हुई बावरी नाचे छम छम..!"** गीत के साथ पूरा समां बांध दिया। सभी उनके गीतों पर भावविभोर होकर झूमने लगे सिवाय दामोदर प्रसाद और उसकी पत्नी रत्ना के। उन

दोनों ने एक-दूसरे को इस प्रकार आश्चर्य से देखा मानो उनकी आंखों के सामने कुछ ऐसा घटित हुआ हो जिसकी उन्होंने कभी कल्पना ही नहीं की थी।

हां, दरअसल कुछ ऐसा ही वहाँ घटित हुआ था। अभिनव चंचल उसी चंद्री का बेटा था जिसने लगभग बीस वर्षों तक प्रसाद दंपति की सेवा की थी और आज वह एक आदरणीय पात्र के रूप में मंच पर गर्वोन्नित होकर विराजमान थी। उसके मुखमंडल पर अपार सुकून का भाव स्पष्ट देखा जा सकता था। ईश्वर से जो कुछ कामना की होगी उससे कहीं ज्यादा ईश्वर ने उसकी झोली में डाल दिया था।

3

वहाँ बैठे-बैठे दामोदर प्रसाद को अपने पुराने दिन याद हो आए। बात उन दिनों की है जब उसका तबादला अपने शहर दिल्ली से दूर भोपाल में हो गया था। नहीं चाहकर भी उसे भोपाल जाना पड़ा था। अब तक जो अपने पूरखों के आलीशान बंगले में ऐशो-आराम की जिन्दगी बिताता आ रहा था अचानक किराए के घर में सबकुछ नए सिरे से आरम्भ करना पड़ रहा था। शुक्र था कि उन्हें चन्द्री जैसी बाई किराए के मकान में शिफ़्ट होने के दो दिन बाद ही मिल गई थी। चंद्री ने उस घर को अपना घर समझकर सारे घरेलू कार्यों को अपने जिम्मे ले लिया। रत्ना एक बार फिर घरेलू कामों की चक्की में पीसने से बच गई।

चंद्री की उम्र उस वक्त तीस की रही होगी। कई कामनाओं और मन्नतों के बाद उसे एक बेटा हुआ और साल भर बाद एक सड़क दुर्घटना में उसके पति का देहांत हो गया था। चंद्री मझधार में फंस गई थी। लोग उसे दूसरे घर बियाह कर चली जाने की नसीहत देने लगे थे किंतु, अपने नन्हे से बेटे के मासूम चेहरे को देखकर वह विकल हो उठती। दुनिया में कौन ऐसा उदार दिल सौतेला बाप होगा जो पराए खून को भी अपना खून मानकर उसे वही लाड प्यार देगा जिसका वह हकदार है। चंद्री को दुनिया उतनी भी रहमदिल नहीं लगी इसीलिए उसने निश्चय कर लिया था कि वह अपने इस मासूम के सहारे ही जीवन में आनेवाली हर आंधी-तूफानों का सामना करेगी।

दामोदर प्रसाद के घर काम मिलते ही उसने जीवन की इस मध्यम बेला में मिले अपूरित ज़ख्म को मात देने के लिए खुद को उस परिवार की सेवा-शुश्रूषा में तन-मन से समर्पित कर दिया था। बदले में दामोदर परिवार ने भी उसे वैसा ही मान-सम्मान दिया, जैसा उसे मिलना चाहिए था। उस घर में उसकी हैसियत परिवार के किसी सदस्य से कम नहीं थी। दामोदर परिवार ने कभी उसे इस बात का आभास भी नहीं होने दिया कि वह उस घर की बाई है। दोनों को एक-दूसरे पर पूर्ण भरोसा था।

समय का चक्र आगे बढ़ा। रत्ना गर्ववती हुई और फिर माँ बनी। उस वक्त चन्द्री ने उनकी देख-भाल और सेवा-सत्कार एक सगी माँ से भी बढ़कर किया। नहाने-धोने से लेकर खाने-पीने तक का हर ख्याल रखती। रात-दिन वह उनकी सेवा में लगी रहती। चन्द्री की इस सेवा भाव और अपनापन देखकर प्रसाद दंपति उसके कायल हो गए थे।

उन्हें याद हो आई किस प्रकार चंद्री अक्सर अपने बेटे की शिकायत लेकर उनके पास आती और कहती – मालिक! इसे थोड़ा समझा दीजिए, स्कूल नहीं जाना चाहता है। कहता है कि अपने मोहल्ले के बाकी साथियों की तरह मैं भी कुछ छोटा-मोटा काम कर पैसा कमाऊँगा और तुम्हारी मदद करूंगा। इसे जरा समझा दीजिए कि जीवन में सफल होने के लिए पढ़ाई-लिखाई कितनी जरूरी है। इतना ही नहीं वह अक्सर अपने बेटे को समझाती थी और अपने पति की कही गई बातें उसे स्मरण दिलाती थी। उसका पति अपने बेटे को खूब पढ़ाना चाहता था और उसे खूब बड़ा आदमी बना हुआ देखना चाहता था। वह खुद अनपढ़ था लेकिन पढ़ाई के महत्त्व को भलीभाँति समझता था।

उन्होने चंद्री के संघर्ष को खूब करीब से देखा था। मोहल्ले के लोगों ने उसके ऊपर क्या-क्या जुल्म नहीं किया था। दूसरी शादी कर वहाँ से चले जाने के लिए उस पर खूब दबाव बनाया गया था किन्तु, वह अपने निर्णय से टस से मस नहीं हुई। उस पर लोगों ने तरह-तरह के लांछन लगाने शुरू कर दिए। उसे बदनाम करने की पूरी कोशिश हुई किन्तु, साँच को भला आँच कैसा। हर मुश्किल का उसने डटकर सामना किया।

बेटे की पढ़ाई को रुकवाने के लिए लोगों ने कई सारे हथकंडे अपनाए मगर चंद्री की दृढ़ता के आगे एक-एक कर सब विफल होते गए। समय के

साथ बेटा समझदार होता गया और माँ के साथ कदम-से कदम मिलाकर आनेवाली चुनौतियों का सामना करने लगा।

दामोदर प्रसाद के सामने वह दृश्य एकाएक सजीव हो उठा जब उसका ट्रांसफर फिर से दिल्ली हो गया था तो वापसी के समय किस प्रकार चंद्री रो पड़ी थी। वह बार-बार कह रही थी कि मालिक आपके जाने के बाद हम एक बार फिर बेसहारा हो जाएंगे। पता नहीं अब आगे हमारी जिंदगी क्या मोड़ लेगी, भगवान ही जाने। ढाढ़स के शब्द और कुछ अतिरिक्त रुपए देने के बाद दामोदर प्रसाद पुनः दिल्ली लौट आए थे। कुछ दिनों तक बीच-बीच में संपर्क होता रहा किन्तु, धीरे-धीरे संपर्क भी टूट गया।

आज जीवन के इस बेला में अचानक इस प्रकार उनका सामना चंद्री से होगा उन्होने कभी सपनों में भी नहीं सोचा था। जिस चंद्री को अक्सर मुसीबतों से जूझती हुई उन्होने देखा था आज वही चंद्री उनके सामने मंच पर एक आदरणीय पात्र के रूप में विराजमान थी। जिस अभिनव को पढ़ाई करने के लिए वे समझाया करते थे आज उसी अभिनव की एक झलक पाने के लिए लोग लालायित थे। विधाता का खेला भी अद्‌भुत है।

उन्हें याद आ रहा था कि किस प्रकार अभिनव ने बचपन में अभावों वाली जिंदगी गुजारी है। उनका बेटा मयंक के पुराने खिलौनों से वह खेला करता था। उनके ही फटे-पुराने कपड़े पहनकर वह बड़ा हुआ था। मयंक की हर पुरानी और त्यागी हुई चीजों को वह इस्तेमाल करता और खूब खुश होता था। दामोदर प्रसाद को यह भी याद हो आई थी कि किस प्रकार मयंक के बचपन का अधिकांश समय चंद्री के साथ ही गुजरा था। वही उसको नहलाने, खिलाने-पिलाने से लेकर स्कूल ले जाने और वहाँ से लाने तक का काम करती थी। शाम को भी खेलने से लेकर सोने तक का अधिकांश समय उसका चंद्री के साथ ही बीतता था।

अभिनव को सामने देखकर उन्हें अपने बेटे मयंक की याद आने लगी थी। मयंक उनकी एकलौती संतान है। भोपाल से दिल्ली ट्रांसफर होकर आने के बाद उन्होने अपने बेटे को पढ़ाई के लिए हॉस्टल में रख दिया था। 12वीं के बाद आगे की पढ़ाई के लिए उसे मुंबई भेज दिया गया। वहीं से उसने अपनी पढ़ाई पूरी की। फिर नौकरी लगी। नौकरी लगते ही

उसने अपनी किसी गर्लफ्रेंड से शादी कर ली। कुछ वर्षों तक दिल्ली में आकर नौकरी की। इस दौरान अपने पुरखों के आलीशान मकान को बेच दिया और एक नई सोसाइटी में नया घर खरीद लिया। सभी वहाँ एकसाथ मिलकर रहने लगे। फिर उसे विदेश से नौकरी का ऑफर मिला। पत्नी को लेकर वह विदेश चला गया और उन्हें वृद्धाश्रम में छोड़ गया।

दामोदर प्रसाद की आँखों में आँसू भर आए थे। उन्हें अभिनय और अपने बेटे में आकाश जमीन का अंतर दिखाई दे रहा था। एक तरफ उनका बेटा था जिसे जीवन में किसी बात की कमी कभी महसूस होने नहीं दिया था आज वही बेटा उनके साथ पराया-सा व्यवहार करने लगा था। वृद्धाश्रम में छोड़ने के बाद वह कभी उनसे मिलने के लिए नहीं आया था। यहाँ आने के बाद कुछ दिनों तक फोन पर बातें हो जाया करती थी किन्तु, अब उनका फोन भी आना बंद हो गया था। इधर से कई बार फोन लगाने की भी कोशिश की गई थी परंतु, फोन नहीं लग रहा था। शायद उसने अपना नंबर ही बदल लिया था। वहीं दूसरी ओर, अभिनव जिनका जीवन निहायत अभावों में गुजरा था। जिनका बचपन हर एक चीज के लिए मोहताज़ रहा आज वही किसी ध्रुव तारे की भांति दुनिया में अपना प्रकाश बिखेर रहा है।

4

सांस्कृतिक कार्यक्रम अब समापन की ओर बढ़ चला था। आखिरी गीत **'माँ के चरणों में मिलल सब सुख, अब ना रहल स्वर्ग की कोन्हों भूख'** के साथ अभिनव चंचल ने अपना कार्यक्रम सम्पन्न किया। तालियों की गूंज से एक बार फिर वहां का सारा आसमान गुंजायमान हो उठा। माइक छोड़ने से पहले अभिनव चंचल ने कहा – "आज मैं जिस मुकाम पर हूँ यह सब मेरी देवी तुल्य माँ की कठोर तपस्या का ही प्रतिफल है। इसलिए उनके चरणों में खुद को समर्पित करता हूं। मैं खुद को उन भाग्यशाली संतानों में से एक समझता हूँ जिसे अपनी जननी के प्रति अपना फ़र्ज़ निभाने का अवसर प्राप्त हुआ है और यही मेरे लिए पूजा, यज्ञ और तपस्या है। साथ ही, मैं उस प्रसाद दम्पति का भी दिल से आभारी हूँ जिन्होंने विपत्ति के समय मेरी माँ को अपने यहां सेवा का अवसर देकर उन्हें सहारा दिया। उस दम्पति से हमारी मुलाकात अब

दोबारा हो पाएगी या नहीं यह तो विधाता ही जाने परंतु, वे जहां भी हैं उनके अहसान को मैं शत-शत नमन करता हूँ।" – कहकर उन्होंने माइक आयोजकों को सौंप दिया।

उनके सम्मान में सारी भीड़ खड़ी हो गई। उस भीड़ को चीरते हुए दामोदर प्रसाद अपनी पत्नी के हाथ थामे स्टेज की ओर आगे बढ़ने लगे। उस वक्त उनके अंदर इतना जोश आखिर कहां से आ गया था भगवान ही जाने परंतु, भीड़ को किसी युवा की भांति धक्का देते हुए आगे बढ़ते जा रहे थे। उधर अभिनव चंचल स्वयं अपनी माँ को सहारा देकर स्टेज से नीचे उतरने लगा था। बीतते हर एक पलों के साथ दामोदर प्रसाद की व्यग्रता और बढती गई। वे हर हाल में चंद्री तक पहुंचना चाहते थे। उनसे मुलाक़ात करना चाहते थे। उधर अभिनव चंचल माँ के साथ स्टेज से नीचे उतर चुका था। इधर दामोदर प्रसाद भी अपनी पत्नी के साथ उनके करीब पहुंचने ही वाला था कि उनकी सुरक्षा में लगे सुरक्षाबलों ने उन्हें आगे बढ़ने से रोक दिया। ये लोग इधर मिलने के लिए पुलिसवालों से गुहार लगाते रह गए और उधर वे लोग गाड़ी में सवार हुए और वहाँ से निकल गए।

दामोदर प्रसाद वहीं खड़े होकर छलछलाती आँखों से उन्हें तब तक देखता रहा जब तक कि उनकी गाड़ी नजरों से ओझल नहीं हो गई। रत्नावली की आँखों से भी आँसू उनके झुर्रीदार गालों पर लुढ़क आए।

****

8

इंसाफ़

सलमा निहायत गुमनाम जिंदगी बिताने के लिए मजबूर थी। उसकी उम्र वही बयालीस के आसपास रही होगी। दस बरस पहले शौहर ने उसे तलाक दे दिया था। उसके दो बच्चे थे। दोनों बाप के साथ रह गए। तलाक के बाद आम की चूसी हुई गुठली की तरह वह मायके बेबस लौट आई। मायके वालों को तलाक के कारणों का पता चला तो उनके पाँव तले जमीन खिसक गई। अब करें तो करें क्या। जिस बात को दुनिया से छिपाकर अपनी औलाद की जिंदगी में खुशियाँ भरने में कामयाब हुई थी वही बात आज सामने आकर उसकी तबाही की वजह बन गई। अजीब-सी मुश्किल घिर आई थी। आखिरकार, तय हुआ कि वह इसे अपनी नियति मान कर जब तक जिएगी मायके में ही रहकर जिएगी।

समय बीता। समय के साथ उनके अम्मी-अब्बू गुजर गए। भाई-भौजाई ने दुत्कार दिया। उसे एक छोटी सी कोठरी में बेबस जिंदगी जीने के लिए छोड़ दिया गया। वह घुट-घुटकर जीने को विवश थी। कभी उसने ख्यालों में भी नहीं सोचा था कि जिंदगी इस कदर दगा दे जाएगी। कभी भरा-पूरा घर-परिवार था और फ़िर अतीत के एक हादसे ने उसकी जिंदगी को एक ही झटके में तहस-नहस कर दिया था।

अतीत का वह हादसा जब भी उसके ज़ेहन में आता रूह थरथरा उठती। घटना उस समय की थी जब वह सोलह-सत्रह बरस की रही होगी। हर रोज की तरह उस रोज भी वह मदरसे से लौटने के बाद सूखी लकड़ियाँ

चुनने के लिए जंगल की ओर चली गई थी। लकड़ियाँ चुनने के बाद बहुत थक गई थी। सूरज सर के ऊपर से आग बरसा रहा था। सूखी लकड़ियों का गट्ठा बनाया और सिर पर उठाकर वह एक छायादार पेड़ के नीचे बैठकर आराम करने लगी। कब उसकी आँख लग गई पता ही न चला। सूखे पत्तों के बीच किसी के खरपट-खरपट चलने की आवाज से अचानक उसकी आँखें खुली। सामने उसी के गाँव के चार लड़के आ खड़े हुए । उन्हें एक साथ इस तरह अचानक सामने देखकर वह सशंकित हुई। इससे पहले वह कुछ सोच-समझ पाती, उन लोगों ने उसके साथ बदतमीजियां शुरू कर दी। वह विरोध करती रही लेकिन उन लड़कों की हैवानियत के शिकार से खुद को बचा न सकी। अपनी हवस पूरी करने के बाद वे लोग इस बात को उजागर न करने की धमकियाँ देकर वहाँ से चले गए। दर्द से कराहते किसी तरह वह घर पहुंची। इस बात को घर में किसी से कहने की वह हिम्मत जुटा नहीं सकी। इसका फ़ायदा उन हैवानों ने खूब उठाया। डरा-धमकाकर कई बार उसके साथ हैवानियत की गई। वह किसी निरीह प्राणी की तरह सबकुछ सहती रही।

एक दिन उसके उभरते पेट को देखकर अम्मी को कुछ शक हुआ। छानबीन शुरू हुई। भेद खुल गया। उन हैवानों के अंश उसके पेट में पलने लगा था । लोक लाज को ध्यान में रखकर उसे कुछ महीनों के लिए घर में ही कैद कर दिया गया । कुछ वक़्त के बाद उसने एक बेटे को जन्म दिया। चुपके से उसे किसी दूर-दराज के गाँव में एक संतानहीन दंपति को सौंप दिया।

बला टल गई । गाँव में इसकी भनक किसी को भी नहीं लग पायी। समय के साथ सलमा भी इस हादसे से उबर चुकी थी। एक अच्छा लड़का देखकर उसकी शादी करा दी गई। वह खुशी-खुशी ससुराल चली गई। कुछ ही वर्षों में वह एक बेटे और एक बेटी की माँ भी बन गई। जिंदगी खुशहाल थी। उसने अतीत के उस हादसे को पूरी तरह से भुला दिया था। उसने अपना सारा ध्यान अपनी वर्तमान जिंदगी को खुशहाल बनाने में लगा दिया। भरा-पूरा परिवार था । किसी बात की कोई कमी नहीं। सबकुछ मन माफ़िक चल रहा था। कहते हैं कि शैतान की परछाई खूबसूरत चीजों पर जल्दी ही पड़ती है । वही हुआ, सलमा की खूबसूरत

जिंदगी पर शैतान की बुरी छाया पड़ गई ।

एक दिन वह रसोई में खाना पका रही थी। उसका शौहर तमतमाते हुए उसके पास आया और उसे एक खत दिखाते हुए पूछा – "क्या यह बात सही है?"

सलमा ने ख़त पर नज़र डाली। उसके एक एक शब्द मानो दिल में कील की तरह गहराई तक धँसते जा रहे थे । ख़त पढ़ने के बाद वह अपने शौहर से नज़रें मिलाने की हिम्मत जुटा न सकी। बेजान-सी वहीं जमीन पर गिर गई । उस ख़त ने अतीत में उसके साथ हुई हैवानियत से पर्दा उठा दिया था। वह समझ चुकी थी कि यह उन्हीं चारों हैवानों में से किसी एक का काम है । उन हैवानों और घरवालों के सिवाय इसकी खबर किसी को भी नहीं थी।

उसकी यह हालत देख शौहर को यकीन हो गया कि ख़त की बात सही है । वहीं उसी हालत में उसे 'तलाक...तलाक...तलाक' कहकर घर से धकियाकर निकाल दिया। वह गिड़गिड़ाती रही किन्तु, किसी ने उसकी एक भी नहीं सुनी। वह टूटी-बिखरी और लुटी हालत में मायके पहुँच गई ।

दोपहर का वक़्त था। सलमा अपनी बकरियों को पानी पिलाने में मसरूफ़ थी। उसी वक़्त वहाँ एक हट्ठा-कट्ठा नौजवान आया और उससे बोला – "सलमा आप ही हैं?"

उसने 'हाँ' में सिर्फ़ अपना सिर हिला दिया और उस नौजवान को ध्यान से एकटक देखने लगी मानो उसे पहचानने की कोशिश कर रही हो।

"पहचान नहीं पाओगी क्योंकि पैदा होते ही मैं तुमसे जुदा हो गया था।" – उस नौजवान ने आगे कहा ।

सलमा उसकी बातों का मतलब निकालने के लिए अपने दिमाग में ज़ोर देने लगी।

वक़्त जाया किए बगैर उस नौजवान ने अपना परिचय फरीद के रूप में दिया और उसके बेटे होने की सारी कहानी उसे बता डाली । सलमा से रहा नहीं गया। वह लपककर आई और अपने बेटे को सीने से लगाकर फूट-फूट कर रोने लगी। उससे बार-बार माफ़ी मांगने लगी । बेटा भी

भावुक हो गया। उनकी आँखों से भी आँसू ढरकने लगे। दोनों की वेदनाओं के बाढ़ आंसुओं के साथ ढरककर बह गया । सलमा को बड़ी तसल्ली हुई।

सलमा बहुत खुश थी। वर्षों बाद उसे इतनी खुशी नसीब हुई थी। खुशी भी उसके आंगन चलकर एकदम अप्रत्याशित तरीके से आई थी। उसने कभी सपनों में भी नहीं सोचा था जिस अतीत ने उसकी खुशहाल जिंदगी को तहस-नहस कर दिया था वही अतीत एक दिन उसकी खुशी की वजह बनेगा।

फरीद उसके पास जरूर लौट आया था। उसकी खुशी का कारण बनकर लौटा था परंतु, साथ ही वह एक अपने साथ एक नग्न सवाल लेकर भी आया था। उसने एक दिन अपनी अम्मी से पूछा – "अम्मी, मेरे अब्बू कौन है ?"

वह सोच में पड़ गई। जवाब टालकर बकरियों के साथ वह बाहर चली गई। मन-ही मन सोचती रही कि फरीद को सच बताऊँ या नहीं। उसके सवाल के जवाब में छिपी सच्चाई इतनी कड़वी थी कि वह अपने बेटे के सामने उसे लाने की हिम्मत नहीं जुटा पा रही थी। कुछ दिन और बीत गए परंतु, फरीद के मन से वह सवाल हट नहीं रहा था। उसने इसका जवाब जानने के लिए एक दिन ज़िद कर दी। अब इस बात को टाल पाना सलमा के लिए नामुमकिन था।

उसने दिल को मजबूत किया और अपने अतीत की सारी कहानी बेटे को कह सुनाई। बेटे का दिल धक्क-सा होकर रह गया। उसने कभी सोचा भी नहीं था कि उसके जन्म के पीछे इतनी कड़वी सच्चाई छिपी थी। बात पूरी होते ही सलमा फफककर रो पड़ी। वह समझ नहीं पा रही थी कि अब उसका बेटा उसे स्वीकार करेगा या शौहर की तरह छोड़ देगा।

कुछ पल बीतने के बाद फरीद अपनी अम्मी के सामने गया। उसके आँसू पोंछते हुए बोला – "अम्मी तुम चिंता मत करो। इसमें तुम्हारा कोई कसूर नहीं है। तुम्हें इंसाफ़ मिलेगा और इंसाफ़ मैं दिलाऊँगा।"

बेटे की बात सुनकर सलमा का हौसला बंध आया। दोनों इंसाफ़ के लिए न्यायालय की ओर रुख कर गए। न्यायिक प्रक्रिया आरंभ हुई। बेटे और उन मुजरिमों का डीएनए टेस्ट हुआ। उन्हीं हैवानों में से एक शब्बीर उसका बाप निकला। कानून के मंदिर में एक बेटे का यक्ष प्रशन 'मेरे अब्बू

कौन है?' का जवाब मिल गया। इस प्रकार हैवानों को उनके जुर्म की सजा मिली और एक अबला को मिला इंसाफ़।

****

9

कुछ तो गोलमाल है

रात के करीब दो बज रहे होंगे जब अचानक रक्षित की नींद खुली। वह कुछ असहज महसूस कर रहा था। गौर किया तो पेट के नीचे बगल में दाहिनी तरफ हल्का दर्द-सा हो रहा था। दर्द भी कुछ अजीब किस्म का। पहले कभी ऐसा दर्द अनुभव नहीं किया था। बगल में झाँका। पत्नी गहरी नींद में थी। उसे जगाना सही नहीं लगा। खुद दर्द वाले भाग पर हाथ ले जाकर वह सहलाने लगा। कोई आराम नहीं। समय के साथ दर्द और तेज होने लगा था। उससे रहा नहीं गया। वह उठा, किचन जाकर ग्लास से पानी का घूंट लिया और हॉल में आकर चहलकदमी करने लगा। थोड़ी राहत महसूस हुई। जाकर बिस्तर पर फिर लेट गया। अब उसकी नींद ही गायब हो गयी। समय के साथ दर्द एक बार फिर बढ़ने लगा। अब दर्द के साथ पसीना भी आने लगा था। वह समझ गया कि कुछ तो गड़बड़ है। पत्नी को आवाज देकर उसने जगाया।

पत्नी चौंक कर उठ बैठी – "क्या हुआ? इतनी रात को? सब ठीक तो है ?"

उसने पत्नी को अपने दर्द के बारे में जानकारी दी। पत्नी को भी चिंता होने लगी। वह बिस्तर से उठी और ड्रेसिंग के अंदर रखे मूव स्प्रे को लेकर आई। दर्द वाले भाग पर वह स्प्रे करने लगी। कुछ समय तक इंतज़ार किया लेकिन, कोई राहत नहीं। दर्द उसे और बेचैन करने लगा था। घर में उपलब्ध पेन किलर का डोज़ भी आजमा कर देख लिया। सब व्यर्थ।

इतनी रात को जाएँ तो आखिर जाएँ कहाँ? करें तो करें क्या? सुबह होने के इंतजार में रक्षित मन मार कर आराम करने की चेष्टा करने लगा। मगर चैन नहीं। दर्द और बढ़ता गया। मुँह सूखने लगा था। दर्द भी ऐसा कि प्राण निकल जाए। असहनीय! किसी प्राण निकलते जीव की तरह वह हाथ-पाँव पीटने लगा। पत्नी घबरा गयी। अचानक क्या हो गया इन्हें? पहले तो ऐसा कभी नहीं हुआ था। तुरंत 102 डायल कर एंबुलेंस बुला लिया गया। पति को लेकर वह एक नजदीकी हॉस्पिटल में जा पहुंची। सिटी हॉस्पिटल पन्नानगर। इमरजेंसी में उसे दाखिला करवाया गया। प्रारम्भिक उपचार शुरू हुआ। कुछ पेन किलर के इंजेक्शन लगा दिए गए। जांच के लिए खून एवं पेशाब का सैंपल भी ले लिया गया। हॉस्पिटल बड़ा था। सुख-सुविधाएं भी उसी अनुपात में शानदार। प्रारम्भिक उपचार के बाद उसे एक अलग कमरे में शिफ्ट कर दिया गया। कमरा ऐसा था मानो वह हॉस्पिटल नहीं बल्कि किसी पाँच सितारा होटल का कमरा हो। उसका दर्द धीरे-धीरे घटने लगा था। उसे नींद आ गई। सुबह आँखें खुली तो आठ बज रहे थे। दर्द का कोई नामो-निशान भी नहीं था। वह बिस्तर से उठा। कमरे में चहल-कदमी करने लगा। शरीर को इधर-उधर हिलाया-डुलाया किसी प्रकार का दर्द नहीं। उसी समय पत्नी भी जाग गयी।

"दर्द कैसा है?" – लेटे-लेटे ही उसने पूछ लिया।

"गायब। दर्द बिलकुल गायब हो गया है। ऐसा महसूस हो रहा है कि कल कुछ हुआ ही नहीं था।" - रक्षित ने जवाब में कहा।

"ठीक है, अच्छी बात है कि दर्द चला गया है। अभी रिलैक्स कीजिए। नौ बजे लैब खुल जाएगा। जांच करवा लेते हैं, आखिर दर्द आया क्यों था यह भी तो जान लेना जरूरी है। हेल्थ के साथ किसी प्रकार का कोई समझौता नहीं।" – पत्नी ने कहा।

"मुझे नहीं लगता इसकी कोई जरूरत है।" – जवाब में रक्षित ने कहा।

पत्नी को हेल्थ के प्रति ऐसी लापरवाही जरा भी पसंद नहीं। काफी समझाने-बुझाने के बाद आखिरकार पत्नी की बात मान कर रक्षित जांच करवाने के लिए तैयार हो गया।

सुबह नौ बजे लैब खुला। डॉक्टर भी आ चुका था। डॉक्टर पार्थिव उसका विजिटिंग डॉक्टर था। डॉक्टर के आदेश मिलते ही दो नर्स रक्षित के कमरे में आयीं और उसमें से एक ने कहा – "सर! आपकी रिपोर्ट आ गई है। डॉक्टर साहब बोले किडनी में स्टोन है। अल्ट्रासाउंड करना पड़ेगा। प्लीज चलिए हमारे साथ।"

"स्टोन!" – रक्षित को अचानक से एक झटका लगा।

वह किसी सोच में पड़ गया। स्टोन भला कैसे हो सकता है? इससे पहले तो कभी ऐसा दर्द हुआ नहीं। वह कन्फ़्यूज्ड होकर पत्नी की ओर देखने लगा। पत्नी को भी लगा स्टोन ही हो सकता है। दर्द भी तो कुछ वैसा ही था। आपस में सलाह-मशविरा हुआ और वह अल्ट्रासाउंड के लिए तैयार हो गया।

किसी स्वस्थ व्यक्ति की तरह एक ही झटके में वह तुरंत बिस्तर से उठ खड़ा हुआ और कमरे से बाहर आने के लिए ठीक थोड़ा आगे बढ़ा ही था कि नर्स ने उसे रोक दिया – "सर आप ऐसे नहीं जा सकते हैं। इमरजेंसी एडमिशन है आपका।" और वह तुरंत वहाँ एक व्हील चेयर लेकर आ गई।

"सर! आप बैठिए इसमें। हम आपको ले चलेंगे।" – नर्स बोली।

रक्षित को बड़ा अजीब लग रहा था। बिलकुल स्वस्थ हूँ। व्हील चेयर की क्या जरूरत? मैं तो अभी दौड़कर भी जा सकता हूँ। व्हील चेयर में बैठने में उसे असहज महसूस हो रहा था। बैठने की जरा भी इच्छा नहीं हो रही थी। वह एक बार नर्स को तो एक बार अपनी पत्नी की ओर देख रहा था। कोई तो कह दे, ठीक है ऐसे ही पैदल चलिए। मगर कोई कुछ बोल नहीं रहा था।

"सिस्टर! मैं खुद चलकर जा सकता हूँ। प्लीज इसकी कोई जरूरत नहीं।" – एक बार फिर उसने प्रयास करके देखा।

"सर, आप समझने की कोशिश कीजिए। अगर डॉक्टर साहब आपको ऐसे ले जाते हुए देख लेंगे तो हमारे ऊपर भड़क जाएंगे। इसीलिए प्लीज इसमें बैठ जाइए।" - नर्स ने घिघियाते हुए कहा।

पत्नी ने भी इशारों में ही नर्स की बातों में सहमति जता दी। अब तो, मरीज न होते हुए भी मरीज बनना ही पड़ेगा। आगे कोई तर्क किए बगैर

चुपचाप वह व्हील चेयर में बैठ गया। नर्स उसे लेकर लैब पहुँच गयी। पत्नी को बाहर ही रुकना पड़ा।

लैब में दाखिल होते ही एक थुलथुल शरीर वाले डॉक्टर ने पार्थिव के रूप में अपना परिचय दिया। समय व्यर्थ गँवाए बिना उसे अपना शर्ट और बनियान उतार कर सामने लगे स्ट्रैचर पर लेट जाने को कहा गया। उसने वैसा ही किया। अब दर्द वाले भाग पर एक चिपचिपा-सा जेल लगाया गया। मशीन ऑन हुई और अल्ट्रासाउंड शुरू।

“आपकी किडनी में स्टोन है, लगभग 10 एमएम का। मुझे इस बात की शंका पहले ही थी। अब यह कनफर्म भी हो गया।” - इतना कहकर डॉक्टर ने सामने लगे कंप्यूटर पर रक्षित को वह स्टोन दिखाने की चेष्टा करने लगा। उसकी यह चेष्टा जितनी अस्पष्ट थी कंप्यूटर पर स्टोन वाली वह तस्वीर भी रक्षित को उतनी ही अस्पष्ट लगी। कुछ समझ पाता तब तक जांच पूरी। डॉक्टर वहाँ से चला गया। नर्स अंदर आई और उसे पुनः व्हील चेयर में बैठाकर उसके कमरे में छोड़ गई।

“क्या कहा डॉक्टर ने?” – उसकी पत्नी ने कमरे में आते ही पूछा।

“वही स्टोन है किडनी में, वो भी 10 एमएम का।” - उसने जवाब में कहा।

आगे क्या किया जाए इसी के बारे में वे लोग आपस में सोच-विचार करने लगे। कुछ ही पल बीता होगा कि कमरे में एक नर्स आई। उसके हाथ में एक एक राइटिंग पैड था। सामने आते ही उसने ट्रीटमेंट संबंधी प्रक्रिया की सारी जानकारी विस्तार से बतलाना आरंभ कर दिया। वह न केवल ट्रीटमेंट की प्रक्रिया बतला रही थी बल्कि, उसके साथ-साथ वह उन दोनों की मनोदशा को भी पढ़ने का प्रयास कर रही थी। उनके मनोभाव से यह भी अनुमान लगाने का प्रयास कर रही थी कि ये लोग सर्जरी के लिए आखिर तैयार कब तक हो सकेंगे। पूरी प्लान समझाने के बाद वह पूछ बैठी - सर, तो फिर सर्जरी का नियरेस्ट अवेलेबल स्लॉट बुक कर दूँ आपके लिए?

रक्षित ने एक बार पत्नी की ओर देखा और फिर जवाब देते हुए कहा - “ठीक है, हमें सोचने के लिए थोड़ा समय दीजिए, फिर आपको कनफर्म करता हूँ।”

नर्स के चेहरे पर थोड़ी-सी शिकन आ गई। फिर तुरंत चेहरे पर एक मुस्कान लाते हुए बोली - “सर! आपको बता दूँ, मात्र साठ हजार में हम लेज़र ट्रीटमेंट के द्वारा आपके स्टोन रिमूव कर रहे हैं। स्पेशल ऑफर चल रहा है इसीलिए। नहीं तो एक लाख से कम में तो कोई चांस ही नहीं था। यह ऑफर बस कल ही तक है।” कहकर नर्स वहाँ से चली गई।

पति-पत्नी आपस में सलाह-मशविरा करने लगे। क्या किया जाए? पत्नी को लग रहा था कि सर्जरी करा लेने में ही बुद्धिमानी है। स्टोन है वो भी किडनी में। वह तो बढ़ता ही जाएगा। देर करने से कोई लाभ नहीं। समय पर सर्जरी नहीं हुई और कोई क्रिटिकल सिचुएशन बन गया तो परेशानी और भी बढ़ जाएगी। मगर इसके ठीक विपरीत रक्षित को विश्वास ही नहीं हो पा रहा था कि उसकी किडनी में कोई स्टोन है। डॉक्टर ने कह दिया। कंप्यूटर में भी कुछ दिखा दिया फिर भी उसका दिल यह स्वीकार करने को तैयार ही नहीं था। काफी माथापच्ची हुई। आखिरकार, पत्नी के आगे उसे झुकना ही पड़ा। वह सर्जरी के लिए तैयार हो गया।

पेपर वर्क की औपचारिकता पूरी करने तथा शुल्क जमा करने के लिए पत्नी काउंटर की ओर चली गई। इधर रक्षित को व्हील चेयर पर बैठा कर नर्स चल पड़ी ऑपरेशन थियेटर की ओर।

वह ऑपरेशन थियेटर में पहुँच गया। चारों तरफ नजर घुमाई। तरह-तरह की मशीनें लगी हुई थी। माहौल बिलकुल शांत था। डॉ पार्थिक की सहायता के लिए वहाँ उनके दो असिस्टेंट मौजूद थे। रक्षित की धड़कन बढ़ने लगी थी। उसका मन अभी भी इस बात को स्वीकार करने के लिए तैयार नहीं था कि उसकी किडनी में 10 एमएम का स्टोन है। वह बीती रात के दर्द को याद कर रहा था। दर्द भी अजीब था। लग नहीं रहा था कि वह दर्द किडनी से आ रहा है। ऐसे लग रहा था जैसे दर्द चमड़ी के थोड़ा नीचे है परंतु, शरीर के अंदरूनी भाग में तो बिलकुल नहीं। उसके मन में अभी भी दुविधा थी। लेकिन अब कुछ भी नहीं किया जा सकता था। पत्नी वहाँ शुल्क भी जमा कर चुकी होगी। यहाँ होती तो उससे एक बार और सोच-विचार कर लेने को कहता। कमान से तीर छूट चुका था। उसी समय डॉक्टर पार्थिव वहाँ आया। उसे देखते ही पता नहीं क्यों रक्षित के मन में एक अनजाना-सा भय समा गया। ऐसे लग रहा था जैसे

वह डॉक्टर नहीं बल्कि यमराज का कोई भेजा गया दूत है। ऑपरेशन अभी तक शुरू नहीं हुआ था। किसी की मानो प्रतीक्षा हो रही हो। आखिर किसकी?

थोड़ी हिम्मत जुटाकर रक्षित ने डॉक्टर से पूछ ही लिया – "डॉक्टर साहब! ऑपरेशन कब स्टार्ट होगा?"

"बस थोड़ी ही देर में हो जाएगा। आपका फी अभी तक जमा नहीं हुआ है। उसका कन्फर्मेशन मिलते ही हम ऑपरेशन शुरू कर देंगे।" - जवाब में डॉक्टर ने कहा।

इसका मतलब अभी तक सर्जरी का फी जमा नहीं हुआ है। अभी भी मौका है रक्षित। चाहो तो इस सर्जरी को तुम रुकवा सकते हो। कुछ करो तुम, जल्दी ही कुछ करो। रक्षित की आत्मा जैसे चिल्ला-चिल्लाकर उसे कह रही हो। उसने दिल को मजबूत किया और फिर डॉक्टर से कहा – "डॉक्टर साहब! एक्सक्युज़ मी! मुझे वाइफ से कुछ अर्जेंट बात करनी है। प्लीज उसे यहाँ बुलवा दीजिए।"

"आप रिलैक्स कीजिए मिस्टर रक्षित! डोंट वरी! बी कूल।" - डॉक्टर ने उसे आश्वस्त करते हुए कहा।

"सर, प्लीज़। समथिंग इज़ अर्जेंट। उसे बुला दीजिए।" - रक्षित ने अनुनय किया।

इस बार डॉक्टर ना नहीं कर पाए। नर्स को भेजकर उसकी पत्नी को वहाँ बुलाया गया। वह हड़बड़ाती हुई आई। रक्षित ने कुछ सलाह-मशविरा के लिए स्पेस मांगा। वहाँ से सारे लोग हट गए।

"तुमने फी जमा कर दिया है क्या?" – रक्षित ने सवाल किया ।

"हाँ अलमोस्ट। कार्ड स्वाइप करने ही वाली थी कि नर्स ने यहाँ बुला लिया। बस जाते ही जमा कर देंगे।" - पत्नी ने जवाब देते हुए कहा।

"इसकी अब जरूरत नहीं।" - रक्षित ने कहा।

"क्या मतलब?" - पत्नी चौंक पड़ी।

"मेरी बात को ध्यान से सुनो। पता नहीं क्यों जब से यहाँ आया हूँ मुझे हर चीज में कुछ-न-कुछ गोलमाल लग रहा है। अभी भी मुझे विश्वास नहीं होता कि मेरी किडनी में स्टोन है। अगर कुछ पल के लिए मान भी लिया जाए कि मेरी किडनी में स्टोन है, तो भी क्या हुआ। तुरंत तो

हमें कुछ होनेवाला है नहीं। स्टोन होना आजकल आम बात है। फिलहाल अभी के लिए मेरी बात मानो और सर्जरी का विचार छोड़ दो। मैं सोच रहा हूँ कि इसके लिए हमें डॉक्टर का सेकेंड ओपिनियन भी ले लेना चाहिए। यदि वाकई में स्टोन निकल आएगा तो कहीं भी सर्जरी करा सकते हैं। आजकल डॉक्टरों पर इस तरह आँख मूंदकर भरोसा कर लेना सही नहीं लगता है।"

उसकी पत्नी को भी लगा कि बात तो ठीक ही कह रहे हैं। हमें थोड़ी बुद्धिमानी से ही काम लेना चाहिए। जगह नई, शहर नया और डॉक्टर-हॉस्पिटल सबकुछ अनजाना-सा है।

निर्णय अचानक पलट गया। डॉक्टर को सर्जरी नहीं कराने का अपना निर्णय सुना दिया। डॉक्टर ने प्यार से उन्हें समझाने-बुझाने का प्रयास किया। इसका कोई असर नहीं पड़ा उन पर। सर्जरी के लिए मनाने हेतु और कई तरह के हथकंडे अपनाए गए। फिर भी बात नहीं बनी। डॉक्टर की रवैया देख रक्षित का शक और भी गहराने लगा। डॉक्टर येन केन प्रकारेण उन्हें सर्जरी के लिए मनाने में जुटा रहा। मगर रक्षित अपने निर्णय से डिगा नहीं। हाथ आए अवसर को निकलता देख डॉक्टर बौखला उठा। अब वह धमकियों पर उतर आया। रक्षित ने जल्द से जल्द डिस्चार्ज करने की बात कही। डॉक्टर ने डिस्चार्ज करने से साफ इनकार कर दिया। कोई उपाय नहीं देख अंत में रक्षित ने पुलिस बुलाने की बात कह डाली। बात बिगड़ती देख डॉक्टर का होश ठिकाने आया और वह तुनक कर वहाँ से चला गया।

डिस्चार्ज सर्टिफिकट मिला तो उसमें डॉक्टर ने साफ लिख दिया था – 'द पेसेंट हैज़ बीन डिस्चार्ज्ड अगेन्स्ट मेडिकल रूल्स।'

अगले दिन रक्षित सेकंड ओपिनियन के लिए एक दूसरा हॉस्पिटल जा पहुंचा। वहाँ डॉक्टर से मिला। बीती रात के दर्द वाली बात बताई। डॉक्टर ने अल्ट्रासाउंड लिखा। लैब में जांच होने लगी। सबकुछ ठीक था। कहीं कोई गड़बड़ी नहीं। उसने 10 एमएम का स्टोन वाली रिपोर्ट भी डॉक्टर को सौंप दी। डॉक्टर ने दोबारा कुछ अतिरिक्त सतर्कता के साथ उसकी जांच की। इस बार भी मामला बिलकुल सही था। किडनी में स्टोन के कहीं कोई नामोनिशान नहीं था।

वह खुशी-खुशी घर लौट आया। हॉस्पिटल की सारी बात पत्नी से साझा की। सुनकर पत्नी भी हैरान रह गई। लेकिन, स्टोन नहीं होने की बात से उसे बड़ी तसल्ली हुई। वह खुशी-खुशी किचन में चली गई। इधर रक्षित को एक बात समझ में नहीं आ रहा था कि आखिरकार दर्द आया क्यों था। वह इसी सोच में उलझा हुआ था। पत्नी चाय लेकर आई और पति को किसी सोच में उलझा देख पूछ लिया – "अब तो पूरी तरह स्वस्थ हैं फिर, किस सोच में पड़ गए आप?"

"यही कि सबकुछ सही है तो फिर दर्द क्यों हो आया था?"

"ज्यादा बहादुरी दिखाएंगे तो दर्द आएगा ही।" – पत्नी ने बड़ी सहजता से कह दिया मानो उसे दर्द का सारा कारण पता हो।

"क्या मतलब?"

"भूल गए उस शाम की बात, टीवी पर कोई वीडियो चलाकर आपने कितनी बहदुरी दिखाई थी?" – पत्नी ने कहा ।

पत्नी की बात सुनकर उस शाम की सारी घटनाएँ एकाएक रक्षित की नजरों के सामने तैर गई।

उस दिन ऑफिस से लौटने के बाद सौफ़े पर बैठा ही था कि श्रीमती जी का कमेन्ट उनके कानों में सुनाई पड़ी थी 'ए जी! अपने शरीर पर भी थोड़ा ध्यान दे दिया कीजिए।' पत्नी की बात सुनकर वह थोड़ा असहज हो गया था और इसका कारण जानना चाहा। पत्नी ने उसके बढ़ते हुए तोंद की ओर इशारा किया और कहा कि इसने आपका लुक बिगाड़ कर रख दिया है। साथ ही, उसने ऑफिस के बाद कुछ शारीरिक व्यायाम करने का भी सुझाव उन्हें दे दिया था। पत्नी की बातों में सच्चाई थी। उन्हें भी कुछ दिनों से आभास होने लगा था कि उसका पेट बाहर की ओर पिचकता जा रहा है।

अब पत्नी ने टोक दी है। इस पर टालमटोल तो किया ही नहीं जा सकता है। फ्रेस आदि होने के बाद वह तुरंत एक्शन में आ गया था। सोफ़े पर बैठे-बैठे ही उसने आवाज दे दी – "अलेक्सा! प्ले वीडियोज़ ऑफ हाउ टू रिड्यूस बेली फैट।"

बस, इतना बोलना था और टेलीविज़न पर चल रहा कार्यक्रम तुरंत बदल गया। अब एक नया वीडियो चलने लगा था, जिसमें एक छरहरा

शरीर वाला व्यक्ति तोंद कम करने वाले कुछ व्यायाम के बारे में बता रहा था। उसने उस वीडियो को बार-बार चलाया और बड़े गौर से उसे देखा। फिर योगा मेट सामने लगाकर वह बताए जा रहे आसनों का अभ्यास करने लगा। शुरुआत धीरे-धीरे हुई। फिर अपनी गति तेज कर दी थी। उत्साहित था। उत्साहित ही नहीं बहुत उत्साहित था। श्रीमती जी ने टोक दी है। आज तो अपना दम-खम दिखा के ही रहेंगे। ताकत और झोंक दी। थोड़ी देर में पसीना भी आने लगा। उत्साह और बढ़ गया था। और बहदुरी दिखाने लगे। लग तो ऐसा रहा था मानो आज ही वह अपने बढ़े हुए तोंद को हर हाल में अंदर पिचका देगा। उसका लय तब जाकर टूटा था जब किचन से पत्नी की आवाज़ सुनाई दी कि खाना तैयार हो गया है जल्दी फ्रेस होकर बैठ जाइए।

"अरे हाँ! तुम ठीक कह रही हो। यह दर्द उसी का नतीजा हो सकता है।" – उसने पत्नी की बातों पर सहमति जताते हुए कहा।

"हो सकता नहीं, उसी का नतीजा था।" – पत्नी ने अपनी बात पर दृढ़ता दिखाई।

उसे अपना दर्द का कारण मिल गया था। मन-ही-मन थोड़ा पछतावा भी हुआ। ताव में आकर मुझे उस दिन ज्यादा बहादुरी नहीं दिखानी थी। खैर, बीती हुई बात पर पछताने से भला क्या लाभ। जो हुआ सो हुआ, आगे से इस बात का ध्यान रखा जाएगा।

वह टेलीविज़न खोलकर बैठा गया। उस पर न्यूज चैनल चलने लगा। पत्नी किचन में चली गई। उसी समय टेलीविज़न पर आ रही एक खबर ने रक्षित का ध्यान अचानक आकर्षित किया। न्यूज एंकर बता रहा था कि किस प्रकार दिल्ली के एक नामी हॉस्पिटल में डॉक्टरों की साँठ-गांठ से किडनी का अवैध कारोबार चल रहा था। किडनी में स्टोन की सर्जरी के नाम पर भोले-भाले मरीजों की किडनी ही निकाल ली जाती थी और एक अंतरराष्ट्रीय गिरोह के साथ मिलकर उसका विश्वभर में गोरखधंधा किया जाता था।

'थैंक गॉड! उस दिन मैं भी बाल-बाल बचा। कहीं मेरे साथ भी तो ....!' सोचते ही उसकी रूह काँप उठी।

****

10

जुर्म की सजा

सरिस्का शाम को घर पहुंची और हाथ-मुंह धोने के लिए वॉश बेसिन पर चली गई। चेहर साफ करने के बाद जब वह अपने मुखमंडल की आभा और त्वचा की चमक को गौर से निहार रही थी उसी समय अचानक उसके दिमाग में एक सुंदर-सा विचार उभर आया।

फ्रेश होने के बाद वह अपने स्टडी रूम में दाखिल हुई और लैपटाप खोलकर कुर्सी पर बैठ गई। दिमाग में उभर आए उस सुंदर विचार को कविता का रूप देकर उन्हें लिपिबद्ध करने का प्रयास करने लगी। कभी विचारमग्न, कभी मुस्कराती तो कभी लैपटाप के की-पैड पर अपनी सुंदर अंगुलियाँ थिरकाने लगती। यही क्रम कुछ देर तक चलता रहा और चलता रहा।

फिर क्या? घंटे भर में, एक सुंदर-सी कविता तैयार हो गई। कविता को उसने खुद कई बार पढ़ा। जहां आवश्यक लगा, उसे संशोधित किया और जब कविता को अंतिम रूप मिल गया तो उसके चेहरे पर एक मधुर मुस्कान थिरकने लगी।

झटपट उसने उस कविता को फ़ेसबुक वाल पर पोस्ट कर दी और चाय बनाने के लिए किचन में चली गई।

कुछ देर में, गरम चाय का प्याला हाथ में थामे वह एक बार फिर आकर वहीं कुर्सी पर बैठ गई। फ़ेसबुक पेज देखा, तो उसकी पोस्ट पर कई सारे लाइक्स और कमेंट्स आ चुके थे। उसका चेहरा, खिल उठा। कमेंट्स

देखा, और साथ ही साथ कमेंट्स करने वालों के लिए आभार पोस्ट भी डालने लगी।

अरे! अभी तक मृत्युंजय का कमेंट्स नहीं आया है। यह सोचकर उसका खिला हुआ चेहरा धीरे-धीरे बुझने लगा। उसने लाइक पट्टी पर क्लिक किया और लाइक करने वालों पर एक सरसरी निगाह डाली। मृत्युंजय ने तो पोस्ट को लाइक किया था। फिर, उसने कोई कमेंट्स क्यों नहीं किया? लगता है उसे मेरी कविता पसंद नहीं आई हो। इसी प्रकार के कुछ विचार सरिस्का के मन में उभरने लगे थे। मृत्युंजय का लाइक देखकर उसे बिलकुल भी खुशी नहीं हुई बल्कि, उसका कमेंट्स नहीं पाकर उसे क्रोध आने लगा था। इतनी अच्छी कविता लिखी है मैंने। और वह भी उसी के लिए किन्तु, उसने इस पर एक कमेंट तक नहीं किया। अगर कविता उसे अच्छी नहीं लगी तो वही कमेंट्स में डाल दिया होता। मुझे बुरा नहीं लगता। बाकी लोगों को देखो, कितनी पसंद आ रही है यह कविता, उनके सुंदर-सुंदर कमेंट्स से ही सहज अंदाजा लगाया जा सकता है। मगर एक वो है, पता नहीं किस मिट्टी का बना हुआ इंसान है। मेरी इतनी सुंदर कविता भी उसे पसंद नहीं आई। इससे तो साफ हो जाता है कि वह कितना बोरिंग, नीरस और बेकार इंसान है।

इसी तरह की न जाने कितनी कल्पित बद धारणाएँ सरिस्का ने अपने भावी जीवनसाथी मृत्युंजय के लिए मन में बना ली और उसी में घंटों तक डूबती–उतरती रही। कभी अपनी किस्मत को कोसती तो कभी मृत्युंजय के ऊपर बड़ा ढीठ होने का तमगा लटका देती। मृत्युंजय से उसकी सगाई भी हो चुकी थी और अगले ही महीने दोनों की शादी तय थी।

समय जैसे-जैसे बीतता जा रहा था, सरिस्का का क्रोध उसी अनुपात में बढ़ता जा रहा था। क्रोध की भी तो यही खासियत है। क्रोध दिलाने वाले विषय पर आप जितना चिंतन मनन करेंगे, उसमें उतनी ही वृद्धि होती जाएगी। क्रोध से जब उसका सिर अधिक भारी लगने लगा तो उसने अपनी बेस्ट फ्रेंड निकिता को कॉल लगा दी।

उधर से फोन रिसिव करते ही निकिता खुशी के मारे उछल पड़ी – “अरे यार! मैं तुझे ही कॉल करने वाली थी। क्या शानदार कविता करने

लगी है तू आजकल। सचमुच, तेरी आज की कविता ने मेरा दिल जीत लिया। कहाँ से, इतने अच्छे-अच्छे ख्याल आने लगे हैं तेरे दिमाग में। लगता है, मृत्युंजय की संगत का ही प्रभाव है सब।"

"अरे यार! ऐसी कोई बात नहीं है। मैंने यही जानने के लिए तुझे कॉल की थी कि मेरी कविता कैसी लगी। परंतु, तूने तो बिन पूछे ही मेरे सवाल का जवाब दे दिया।"

"यार! सचमुच, आज की तेरी यह कविता एकदम माइंडब्लोइंग है। मृत्युंजय ने अगर पढ़ लिया तो वह अपना होश-हवास गंवा बैठेगा। देख लेना, वह भागे-भागे तेरे पास चला आएगा।" – निकिता ने कहा।

"काश! ऐसा ही होता!" - सरिस्का के मुख से निकला।

"क्या मतलब?"

"अरे क्या बताऊँ! उसने कविता तो फेसबुक में लाइक किया है परंतु, इस पर कोई कमेंट्स ही नहीं दिया।"

"क्या? उसने कमेंट्स तक नहीं किया। वह भी इतनी अच्छी कविता पर। लगता है उसे अपने लेखन पर घमंड आ गया है। दो किताबें क्या उसकी छप गई तो खुद को बहुत बड़ा सेलेब्रिटी समझने लगा है। मुझे तो तुम्हारी कविताएं उनकी कविताओं से भी अब्बल दर्जे की लगती है।" - निकिता ने कहा।

इसी तरह दोनों के बीच मृत्युंजय द्वारा कविता पर कमेंट नहीं किए जाने को लेकर बहुत देर तक बातें होती रही। मृत्युंजय के आज के इस व्यवहार का संबंध बीते दिनों के कुछ वाकयाओं के साथ स्थापित कर उसे एक घमंडी इंसान साबित करने का अथक प्रयास किया जाने लगा।

इतना से भी जब सरिस्का का दिल नहीं भरा तो उसने अपने कुछ और दोस्तों से बातें की। राघव ने तो यहाँ तक कह दिया था कि उसकी जैसी टेलेंटेड लड़की अगर उसे मिल जाती तो जीवन भर वह उसकी गुलामी करता–फिरता।

कुल मिलाकर उसके सभी मित्रों ने इस बात का एकमत से अनुमोदन कर दिया था कि उसकी आज की कविता बहुत ही जबर्दस्त थी। साथ ही, उसके द्वारा मृत्युंजय को लेकर परोसी गई बातों से इस बात पर भी मुहर लगा दी गई थी कि वह बहुत ही घमंडी इंसान है।

रात को थके हारे सरिस्का के पिताजी अपने कार्यालय से घर आए। घर में दाख़िल होते ही हॉल में लगे सोफ़े पर धंस गए। उसकी पत्नी आई और बैग उठाकर यथास्थान रख गई। कपड़े बदलने और हाथ-पाँव धोने को कहकर पत्नी चाय बनाने के लिए किचन में चली गई। उनके पिताजी की हालत तो ऐसी थी कि वह सोफ़ा छोड़ने का साहस तक नहीं जुटा पा रहे थे। आँखें बंद कर वह उसी हालत में सुस्ताने लगे।

उसी समय सरिस्का तमतमाते पाँव हॉल में आई।

"पापा शादी का डेट एक्सटैंड नहीं हो सकता क्या? मुझे मृत्युंजय को समझने के लिए कुछ और वक्त चाहिए।" - सरिस्का ने बिना कुछ सोचे समझे यह बात एक ही सांस में पिताजी से कह डाली।

पिताजी उसकी बातें सुनकर ऐसे उछल कर उठ खड़े हुए मानो किसी ने उनके बदन में करेंट सटा दिया हो। अचानक उनकी सारी थकान रफूचक्कर हो गई। सम्पूर्ण शरीर ऊर्जावान हो उठा।

"क्या हुआ बेटी? अचानक तुम्हें क्या हो गया? ऐसा क्यों कह रही हो? तुम्हें पता है न, शादी की सारी तैयारी हो चुकी है। शादी के काड्र्स भी बंट चुके है।"

"नहीं पापा! मृत्युंजय बहुत ही एरोगेंट इंसान है, उसे समझने के लिए मुझे थोड़ा और टाइम चाहिए।"

"आखिर बात क्या है? खुलकर बताओ तो सही।"

फिर क्या, सरिस्का ने सारी बातें पिताजी को विस्तारपूर्वक बता दी।

सरिस्का की सारी बातें सुनकर उनके पिताजी ने बड़ी राहत की साँसे ली। उन्होने बड़े इत्मीनान से लंबी सांस भरते हुए कहा – "बस इतनी-सी बात पर तुम इतना बड़ा निर्णय लेने के लिए तैयार हो गई?"

यह बात उसके पिताजी के लिए बहुत ही तुच्छ थी, क्योंकि वे वास्तविकता के धरातल पर खड़े थे और उसी वास्तविक चश्मे से उस बात को देख रहे थे। किन्तु, इधर सरिस्का ने पोस्ट पर कमेन्ट नहीं करने की इस मामूली-सी बात को अपनी काल्पनिक दुनिया में जबरन घसीटकर ले गई और अपने क्रोध रूपी खाद तथा अहंकार रूपी पानी से सींचकर उसे एक विकराल वटवृक्ष का स्वरूप प्रदान कर दिया था।

सरिस्का को उनके पिताजी ने बहुत समझाया और उसे इस बारे में खुद मृत्युंजय से बात कर लेने का सुझाव दिया। किन्तु, सरिस्का ने इस बात को अपने ईगो के साथ जोड़ लिया था। वह मृत्युंजय से बात करने के लिए कतई तैयार नहीं हुई।

अंत में, सरिस्का के पिताजी ने ही मृत्युंजय को कॉल लगा दी।

कॉल रिसिव करते ही उधर से मृत्युंजय ने अपने भावी ससुर जी को प्रणाम किया। उसकी आवाज कुछ उखड़ी उखड़ी-सी लग रही थी।

"बेटा! उधर सबकुछ कुशल से है तो?"

"हाँ, पापाजी! सबकुछ ठीक है। बस, आज मेरे पाँव में थोड़ी-सी चोट आ गई है।" – मृत्युंजय ने जवाब देते हुए कहा ।

बात आगे बढ़ी तो पता चला जब मृत्युंजय ऑफिस से घर के लिए निकल रहा था तो अचानक एक कार ने आकर उसकी गाड़ी को ज़ोर से ठोकर मार दी थी। किस्मत अच्छी थी। उसे ज्यादा चोट नहीं आई किन्तु, उसकी गाड़ी पीछे से पूरी तरह क्षतिग्रस्त हो चुकी थी।

एक्सीडेंट की बात सुनते ही, सरिस्का का मन झट से पलटी मार गया। उसने पिताजी के हाथों से फोन झपट लिया और खुद मृत्युंजय से बात करने लगी। हालचाल पूछा। एक्सीडेंट की पूरी जानकारी विस्तार से ली। जब वह आश्वस्त हो गई कि मृत्युंजय की चोट मामूली है तब जाकर उसके दिल को सुकून मिला। बातें लंबी खींच रही थी। इसीलिए वह बातें करती हुई अपने कमरे में चली गई।

"आपको बहुत-बहुत बधाइयाँ!" - मृत्युंजय ने अचानक से बात बदलते हुए कहा।

"मगर, किस बात की?" – सरिस्का ने चौंकते हुए पूछा।

आज आपने क्या धाकड़ कविता लिखी है। मेरी दो-दो किताबें छप चुकी है, परंतु आज तक इतनी अच्छी कविता मुझसे बन नहीं पाई।" - उस कविता की उत्कृष्टता पर मृत्युंजय ने मोहर लगाते हुए कहा।

"कविता आपको इतनी पसंद आई तो फिर कोई कमेन्ट मेरी पोस्ट पर क्यों नहीं दिया?" – सरिस्का ने शिकायत भरे लहज़े में पूछ लिया।

"ऑफिस से निकलने ही वाला था उसी समय आपकी पोस्ट फ़ेसबुक पर देखी। इतनी सुंदर कविता थी तो लगा मेरा कमेंट्स भी उसी स्तर

का शानदार होना चाहिए, मेरी प्रियतमा के लिए। इसीलिए सोचा घर पहुँचकर फुर्सत से एक शानदार कमेंट डालूँगा। मगर, इस एक्सीडेंट की वजह से ऐसा कर न सका। आई'म रियली सॉरी!" – मृत्युंजय ने अफ़सोस जताया।

"नहीं...नहीं! माफ़ी आपको नहीं, बल्कि मुझे आपसे माफ़ी मांगनी है।"

"वो भला क्यों?"

"फिर क्या? सरिस्का ने आज की सारी कहानी उसे विस्तार से बता डाली।"

"सरिस्का जी! आप जितनी टेलेंटेड हैं, उससे कहीं ज्यादा भोली भी हैं। जानते हैं न, वर्चुअल दुनिया वास्तविक दुनिया से बिलकुल अलग होती है। हमारे जीवन की गाड़ी वास्तविक धरातल की पटरी पर दौड़ती है और वर्चुअल दुनिया के चश्में से इसे देखना सर्वथा अनुचित है। वर्चुअल दुनिया का निर्माण तो हमारे मनोरंजन के लिए किया गया है और उसका उपयोग भी उसी उद्देश्य से होना चाहिए। अगर हम अपनी वास्तविक दुनिया के निर्णय वर्चुअल दुनिया के आधार पर करने लगे तो हमारे रिश्तों की जड़ें वास्तविक जमीन पर जमने से पहले ही उखड़ जाएंगी और हमारी झोली में पश्चाताप के सिवा और कुछ भी शेष नहीं रह जाएगा।" - मृत्युंजय ने बड़े संयत भाव में सरिस्का को समझाते हुए कहा।

"मुझसे बहुत बड़ी भूल हो गई, प्लीज़ माफ कर दीजिए। ऐसी नासमझी अब दोबारा कभी नहीं होगी।" - सरिस्का ने गुहार लगाई।

"नहीं, आपने मेरे बारे में कई अनर्गल बातें सोची है। मुझ पर गई गलत लांछनाएँ लगाई हैं। यह तो बहुत बड़ा जुर्म है और इस जुर्म के लिए इतनी आसानी से माफ़ी भला कैसे मिल सकती है। आपके जुर्म की सजा आपको जरूर मिलेगी।" - मृत्युंजय ने नकली तेवर दिखाते हुए कहा।

"जैसी आपकी इच्छा। मुझे आपकी हर सजा मंजूर है।" - सरिस्का ने आत्मसमर्पण कर दिया।

मृत्युंजय ने किसी न्यायाधीश की तरह अपना निर्णय सुनाते हुए कहा – "जुर्म की गंभीरता को देखते हुए यह सजा सुनाई जाती है कि गुनाहगार को संडे के दिन अपने मंगेतर के साथ थिएटर में जाकर मूवी

देखना पड़ेगा।”

इसी के साथ, दोनों ओर से एक जोरदार का ठहाका गूंज उठा।

****

11

परिधान

बेंगलुरु एयरपोर्ट में इस बार यात्रियों का भीड़-भाड़ कम था। पोस्ट कोविड पहली बार मेरी यात्रा हो रही थी, शायद यही वजह रही हो। एयरपोर्ट के अंदर दाखिल होते ही मैंने इधर-उधर नजरें दौड़ाई और सामने लगे कियोस्क की ओर बढ़ गया। वहाँ भी कोई भीड़ नहीं। पीएनआर नंबर दर्ज किया और अपना बोर्डिंग पास का प्रिंट ले लिया। अब वहाँ से आगे बढ़ने ही वाला था कि पीछे से एक सज्जन ने आवाज़ दी – "सर! मेरा भी निकाल दो।"

"क्या?"

मेरे बोर्डिंग पास की तरफ उसने इशारा कर दिया।

मैं समझ गया। बोर्डिंग पास निकालने के लिए कह रहा है।

उसने अपना टिकट मेरी ओर बढ़ा दिया। मैं फिर कियोस्क की ओर मुड़ता उससे पहले उस व्यक्ति पर एक नजर डाली। सूटेड-बूटेड और आँखों पर काला चश्मा। उम्र वही तीस के करीब। देखने में बड़ा सज्जन लगा किन्तु, उसके बोलने का लहज़ा बड़ा असभ्य जान पड़ा। मन तो हुआ कि 'सॉरी' बोलकर आगे निकल जाऊँ परंतु, दो बातों ने मुझे रुकने के लिए विवश किया - पहली बात उसने मुझे 'सर' कहकर संबोधित किया था और दूसरी बात उसके चेहरे पर जरा भी अक्कड़पन का भाव नहीं था।

उसका भी पीएनआर नंबर दर्ज़ कर बोर्डिंग पास कियोस्क से निकालकर उसे थमा दिया और मुड़कर आगे चल पड़ा। 'क्या असभ्य आदमी है, थैंक यू तक नहीं बोला' मन-ही-मन झल्लाते हुए मैं वहाँ से चला गया। मेरे पास लगेज के नाम पर मात्र एक बैगपैक था इसीलिए सीधे सुरक्षा जांच की ओर चल पड़ा। फ़र्स्ट फ्लोर। एस्केलेटर पर पाँव रखते ही घड़ी पर नज़र डाली। बोर्डिंग के लिए अभी दो घंटे का वक्त शेष था। सुरक्षा जांच के बाद सीधे वीआईपी लाउंज में चला गया।

सुबह का समय था। गरमागरम इडली, चटनी, सांभर, फ्रूट सलाद और उपमा प्लेट में लेकर डाइनिंग एरिया में बैठ गया। समय पर्याप्त था। कोई हड़बड़ी नहीं। बारी-बारी से काउंटर पर लगे लगभग सभी आइटम्स का स्वाद लिया। अंत में एक ग्लास जूस के साथ ब्रेकफ़ास्ट का समापन किया। पेट एकदम बम बम। बगल में लगे सोफ़े पर बैठकर थोड़ी देर तक आराम भी किया, तत्पश्चात बोर्डिंग के आधे घंटे पहले लाउंज से बाहर आ गया।

लिफ़्ट से बाहर आकर चंद कदम आगे बढ़ा ही था कि सूट-बूट वाला वह व्यक्ति सामने से आते हुए दिखाई पड़ा। उसे देखते ही मेरे चेहरे पर खिसियाहट का भाव तैर गया। उसे इग्नोर कर आगे निकल गया। पीछे से कानों में एक बार फिर उसकी आवाज़ सुनाई पड़ी - "सर ... सर! ई किधर है ?"

आवाज़ में फिर वही रूखापन। मन तो किया कोई जवाब ही न दूँ। परंतु, पता नहीं क्यों मन के किसी भाग ने ऐसा करने से इनकार कर दिया। ठहरा, उसके बोर्डिंग पास पर नज़र डाली। गेट न. 15। डाउन जाने का उसे इशारा कर दिया।

वह व्यक्ति तुरंत उस दिशा में आगे बढ़ गया। इस बार भी वही रवैया। न थैंक यू और न किसी प्रकार की कोई कृतज्ञता। मन एक बार फिर झल्ला उठा - पता नहीं कैसे-कैसे लोगों से मुलाक़ात हो जाती है सुबह-सुबह।

बोर्डिंग में पंद्रह मिनट का समय बाकी था। अपने बोर्डिंग गेट के ठीक सामने लगी कुर्सियों में जाकर बैठ गया। शीशे की दीवार के उस पार फ्लाइट्स को इधर-उधर मूव करता हुआ देख रहा था। हमारे गेट के ठीक

बगल वाले गेट में बोर्डिंग शुरू हो चुकी थी। बोर्डिंग का एनाउंस होते ही लोग कतारबद्ध हो गए थे। एक एक कर लोग आगे बढ़ रहे थे। मैंने अपनी घड़ी पर नज़र डाली। अभी भी हमारे बोर्डिंग में पाँच मिनट का समय बाकी था। फिर बगल वाले गेट की ओर मेरी नज़र चली गई। अरे! यह व्यक्ति यहाँ? इसका तो गेट न 15 था। इस गेट पर कैसे आ गया? यही सोच रहा था कि सूट-बूट धारी वह व्यक्ति बोर्डिंग पास के साथ आगे बढ़ते हुए एंट्री गेट तक जा पहुंचा। एयर होस्टेस ने स्कैन के लिए उसका बोर्डिंग पास लिया। स्कैन से पहले उस पर नज़र डाली और वह रुक गई। इंग्लिश में कुछ समझाती हुई एयर होस्टेस ने उसे वहाँ से वापस कर दिया।

उस व्यक्ति के चेहरे पर डर एवं बेचैनी का भाव स्पष्ट देखा जा सकता था। मैं अपने स्थान पर बैठे-बैठे उसे बड़े गौर से निहार रहा था। उसकी मनोदशा को भाँपने का प्रयास कर रहा था। साथ ही, मन में उसे लेकर कई सारे सवाल उमड़ने-घुमड़ने लगे थे। इस बार उसे देखकर खिन्नता नहीं हो रही थी, उस पर तरस आने लगा था। मन-ही-मन सोच रहा था कुछ तो गड़बड़ है इस व्यक्ति के साथ। उसी समय उस व्यक्ति की नज़र एक बार फिर मेरे ऊपर पड़ गई। वह झटपट मेरी ओर चल पड़ा।

सामने आते ही उसकी एकदम रोनी सूरत बन गई थी। मेरे पास आते ही सीधे हाथ जोड़कर खड़ा हो गया और गिड़गिड़ाने लगा - "सर! हमको नहीं मालूम किधर जाएगा। हम पढ़ा-लिखा नहीं है। सर, बिनती है हमरा मदत करो। ऊ लोग क्या बोलता हमको नहीं मालूम पड़ता।"

उस व्यक्ति के बारे में बहुत-सी चीजें स्पष्ट हो गई थी। अब उस पर खिन्नता नहीं परंतु, तरस जरूर आ रहा था। उसके परिधान देखकर कोई कल्पना भी नहीं कर सकता था कि वह व्यक्ति अनपढ़ होगा। दुनिया की यही रीति रही है कि लोगों के व्यक्तित्व की पहचान उसके परिधान से की जाती है। मैंने भी एकदम वही किया था। उसके परिधान देखकर मैंने भी उसे पढ़ा-लिखा जेंटलमैन मान लिया था। परंतु, वास्तविकता इससे इतर थी। बाकी लोगों का भी नजरिया शायद वही रहा होगा जो नजरिया मैंने उस व्यक्ति के बारे में पाल रखा था।

उसके बोर्डिंग पास पर मैंने नज़र डाली। समय देखा। बोर्डिंग लगभग बीस मिनट पहले ही गेट नंबर 15 में शुरू हो चुका था। झटपट उसे लेकर मैं गेट नंबर 15 की तरफ भागा। इस दौरान उससे मेरी थोड़ी बहुत बातें भी होती रही। उससे बातें कर ज्ञात हुआ कि वह बिहार के जमुई जिले का रहनेवाला था। बेंगलोर में एक कंस्ट्रक्शन कंपनी में मजदूरी का काम करता था। घर में छोटे भाई की शादी थी इसीलिए वह घर जा रहा था। वर्षों से उसने हवाई जहाज में सफर करने का सपना देखा था और आज वह सपना पूरा होने जा रहा था।

पटना के लिए उड़ान भरने वाली उस फ्लाइट में बोर्डिंग करने वाला वह आखिरी यात्री था। बोर्डिंग पास स्कैन हुआ और वह एंट्री गेट के अंदर दाखिल हो गया। शीशे की दीवार के उस पार से उसने मुझे मुड़कर एक बार देखा। इस बार भी मुख से कोई आभार के शब्द नहीं। परंतु, मुझे उस पर अब खिन्नता नहीं हुई। उसकी आँखों में मेरे लिए जो श्रद्धा का भाव था वह मेरे हृदयपटल पर अनंतकाल के लिए अंकित हो गया।

****

12

बढ़ता फ़ासला

ऑफिस में बैठा विनीत किसी गहरी सोच में डूबा हुआ था। आँखें स्थिर सामने टेस्कटॉप पटल पर टिकी हुई अवश्य थी परंतु, मन पंछी कहीं और भ्रमण कर रहा था। अंगुलियाँ कंप्यूटर के की-बोर्ड पर अचल पड़ी हुई थी। ऐसा जान पड़ता था मानो उसे अपनी वर्तमान दशा का कोई भान नहीं। इस बात से भी जैसे एकदम बेफिक्र कि अभी वह ऑफिस में बैठा हुआ है। उसकी तंद्रा दरवाजे पर सुखराम की आवाज 'मैं कमिंग सर?' के साथ अचानक भंग हुई।

विनीत का इशारा पाकर सुखराम उसके केबिन के अंदर दाखिल हुआ।

"साहब! चाय या कॉफी?" – सुखराम ने पूछा।

सुखराम विनीत के ऑफिस में एक मामूली-सा चपरासी था। परंतु, हर कोई उसे बहुत सम्मान देता। इसका कारण अगर कुछ था तो वह था सुखराम का व्यक्तित्व। वह भले ही चपरासी था परंतु, उसका बुद्धि-बल अत्यंत अव्वल दर्जे का था। कभी-कभी ऑफिस के बड़े-बड़े पद धारियों को भी अपने बुद्धि-बल से अचंभा कर देता। रहन-सहन सरल पर उसके विचार बड़े उच्च थे। उस ऑफिस में कोई भी ऐसा प्राणी नहीं था जो सुखराम को पसंद न करता हो। विनीत वहाँ नया था परंतु, अपने कर्मचारियों के मुख से सुखराम की काफी प्रशंसा सुन चुका था। हाँ, उसकी बुद्धि परखने का मौका अभी तक मिल नहीं पाया था।

"सुखराम जी, आज कॉफी ही पिला दीजिए।" – विनीत ने ध्यान डेस्कटॉप से परे हटाकर कहा और एक लंबी सांस अंदर खींच ली।

सुखराम को समझते देर नहीं लगी कि साहब आज तनाव में है। वह इस बात को कई बार आजमा चुका था। साहब जब अच्छे मूड में होते तो हमेशा चाय ही लेते हैं और मूड बिगड़ा की कॉफी की मांग कर देते। बड़े लोगों के मूड को भी पढ़ पाना उसके लिए इतना सरल कहाँ था। चुपचाप वह विनीत के लिए कॉफी तैयार करने वहाँ से चला गया।

विनीत एक सरकारी अफसर था और अपने कार्यालय का प्रमुख भी। पर स्वभाव ऐसा कि कभी किसी पर उसने अपनी अफसरशाही का रोब नहीं दिखाया। सभी से हँस-मिलकर बातें कर लेता और बेहतर कार्य करने के लिए हर किसी को प्रोत्साहित करता। वहाँ के लोगों का वह पसंदीदा बॉस था।

कल शाम से ही विनीत का मन जरा उखड़ा हुआ था। हुआ दरअसल यूँ था कि उसने अपने एक करीबी रिश्तेदार को बड़ी साफ़गोई के साथ एक समझावन बूटी दे डाली थी। हाँ, उसके मुताबिक वह समझावन बूटी थोड़ी कड़वी जरूर थी परंतु, उतनी भी कड़वी नहीं कि उसकी वजह से पूरे घर-वार में एक भूचाल खड़ी हो जाए। लेकिन हुआ कुछ ऐसा ही था। उस समझावन बूटी ने कुछ ऐसा ही कमाल कर दिखाया था। उस बूटी को देने वाले और उसे ग्रहण करने वाले के मध्य कुछ तो ऐसी बात थी, जिसने पूरे घर-परिवार में हलचल मचा रखी थी और विनीत उसी बात को समझने की कोशिश कर रहा था।

उसका ताल्लुक एक साधारण परिवार से था। अपनी मेहनत और लगन के बल-बूते उसने पढ़ाई-लिखाई की। संघर्ष किया और अंततः उसका संघर्ष रंग दे गया। वह एक सरकारी अफसर बन गया। उसका तबादला घर से दूर अलग-अलग शहरों में होता रहता। नौकरी करता और रमता जोगी बहता पानी-सा जीवन बीतता चला जा रहा था। हाँ, कभी-कभी ख्याल आता कि घरवालों की बात अब मान ली जाए और एक हमसफर का दामन थाम लिया जाए। वैसे अकेला जीवन भी अच्छा कट रहा था। फुर्सत के पलों का सदुपयोग करने के लिए उसने समय के साथ कई हॉबिज पाल लिये थे। कभी पेंटिंग, कभी पठन-पाठन और

लेखन, तो कभी पर्यटन पर निकल पड़ता। नई-नई जगहों पर जाना उसे अच्छा लगता। जीवन को, आसपास के समाज-संस्कृति को बड़ी बारीकी से देखता, उन्हें अनुभव करता। अपनी महत्वाकांक्षाएँ सीमित थी और तदनुरूप जीवन भी सीधा-सादा। विचारों में भी उसी अनुपात में सादगी। हाँ, क्रोधित होना उसकी एक बुराई अवश्य थी, जो उसे स्वयं कभी-कभार बहुत अखरता था किन्तु, चाहकर भी वह उसका परित्याग नहीं कर पाता। हालांकि, उसे तुनकमिजाज कहना सही नहीं होगा। बात-बात पर क्रोध करने का स्वभाव नहीं था। किन्तु, क्रोध अक्सर वैसी बातों पर अवश्य आ जाता जब सामने वाले किसी गलत चीज को गलत कहने के बजाय अपने कुतर्कों से उसे सही साबित करने का प्रयास करता। ऐसे लोगों से वह अक्सर दूरी बनाए रखने का प्रयास करता परंतु, कभी-कभी ऐसे प्राणियों से वास्ता पड़ ही जाता।

"मैं कमिंग सर!" – आवाज के साथ सुखराम ने दरवाजे पर एक बार फिर दस्तक दी।

विनीत का इशारा पाकर वह अंदर आया और कॉफी सर्व करने लगा। उसी समय विनीत ने कहा – "सुखराम जी! आपको कई बार कहा है कि अंदर आना हो तो आप बस एक बार दरवाजा खटखटाकर आ जाइए। अँग्रेजी में इतना भारी भरकम सेंटेन्स बोलने की क्या जरूरत है? विनीत को पता था कि कई बार सुधारने के बावजूद भी सुखराम अक्सर सेंटेन्स का उच्चारण गलत ही कर जाता है। 'मे आई कम इन' की जगह सीधे वह 'मैं कमिंग सर' कह जाता। जो भी हो पर विनीत की बात सुनकर सुखराम अपनी गलती पर एक बार फिर झेंप गया।

कॉफी का कप एक प्लेट के साथ सर्व कर सुखराम वहीं सामने खड़ा हो गया और विनीत के अगले आदेश की प्रतीक्षा करने लगा। अगर कोई दूसरा काम नहीं रहता तो विनीत उसे जाने के लिए कह देता और अगर काम रहता तो उसका आदेश कर जाता। परंतु, आज विनीत ने उसे न तो वहाँ से जाने के लिए कहा और न ही कोई दूसरे काम के आदेश दिए। शायद वह अपने विचारों की मकड़जाल से अब भी आजाद नहीं हो पाया था। इसी कारण उसे इस बात का अहसास ही नहीं रहा कि सुखराम अगले आदेश की प्रतीक्षा में वहाँ सामने खड़ा है।

"साहब! कोई बड़ी परेशानी है क्या?" – सुखराम से रहा नहीं गया और उसने बात छेड़ ही दी।

विनीत को एक बार लगा कि सुखराम से अपनी परेशानी को भला क्या चर्चा करना। फिर सोचा, भले ही वह चपरासी है, परंतु है तो उम्र में बहुत बड़ा। और उसकी बुद्धिमानी की चर्चा तो हर कोई करता फिरता है। आज इसकी परीक्षा भी हो जाए।

"नहीं सुखराम जी! ऐसी कोई बात नहीं है। बस छोटी-मोटी बातें तो घर-परिवार में अक्सर चलती ही रहती है।" - विनीत ने एक बार बात ऐसे ही टाल देने की मंशा से कहा।

"माफ़ करिए साहब! आपको चिंतित देखकर मुझसे रहा नहीं गया इसीलिए पूछ बैठा।" - सुखराम ने बात तो कुरेद ली मगर बड़ी चतुराई के साथ। यही तो उसकी खासियत थी।

विनीत को भी लगा कि मन की बात अगर मन के अंदर ही उमड़ती-घुमड़ती रही तो वह और भी अधिक बोझिल हो जाती है। इसीलिए उसने बोलना आरंभ किया – "सुखराम जी! दरअसल बात यह है कि कल शाम को मेरे एक करीबी रिश्तेदार से किसी बात पर बहस हो गयी। बात एकदम मामूली थी। अपनी छोटी-छोटी गलतियों के कारण वह जीवन में बहुत ठोकरें खा रहा था। अक्सर मुश्किलों में फंस जाता। उससे किसी तरह उबरता तो फिर वही गलतियाँ दोहरा कर बैठता और फिर मुश्किलों में पड़ जाता। उसका यही क्रम चलता रहता। मैंने सोचा मुश्किलों के चक्र को तोड़ने हेतु उसे कुछ अच्छा सुझाव दे दूँ। आखिर रिश्तेदार है और वैसे रिश्तेदार भी कोई पराया तो नहीं होता। परंतु, उसने मेरे अच्छे सुझावों को भी पता नहीं किस अर्थ में ले लिया और घर परिवार में तनाव का एक बवंडर खड़ा कर दिया। यही सोच-सोचकर रात को मुझे नींद नहीं आई। सोचता रहा कि उसी की भलाई के लिए तो मैंने सुझाव दिया था और उसने मुझे गुनाहगार बना दिया। आखिर ऐसी क्या वजह रही होगी जिसने मेरे अच्छे सुझावों को भी उसके लिए गलत अर्थ दे गया? इसी बात को लेकर थोड़ा चिंतित हूँ।"

"साहब! माफ करना। छोटी मुंह बड़ी बात होगी परंतु, इसके पीछे एक ही वजह हो सकती है और वह है बढ़ता फासला।" – सुखराम ने जवाब में

कहा।

"बढ़ता फ़ासला?" – विनीत जरा कन्फ़्यूज्ड हुआ।

"हाँ साहब! ऐसी परिस्थिति उत्पन्न होने के पीछे मुझे लगता है कि बस एक ही कारण हो सकता है और वह है विचारों का बढ़ता फ़ासला।"

"वो भला कैसे ?" – विनीत ने पूछ लिया।

सुखराम ने केबिन में इधर-उधर नजरें दौड़ाई। फिर झट से चार्जिंग पॉइंट पर लगे विनीत का मोबाइल चार्जर ले आया और फिर अपनी जेब से छोटा-सा साधारण मोबाइल सेट निकाल लिया। दोनों को सामने रखते हुए कहा – "साहब! आप ही बताइए क्या आपके चार्जर से मेरा यह छोटा मोबाइल चार्ज हो पाएगा?"

"नहीं!"

"क्यों साहब?"

"क्योंकि आपका एक साधारण मोबाइल है और मेरा चार्जर तो स्मार्ट फोन का है। इसीलिए दोनों आपस में कनेक्ट ही नहीं हो सकते तो चार्ज भला कैसे हो पाएगा?" – विनीत ने जवाब में कहा।

"हाँ, साहब! बिलकुल सही कहा आपने। दोनों में सामंजस्य ही नहीं बैठ पाएगा और मुझे लगता है कि ठीक यही आपके साथ भी हुआ है। आपने पढ़ाई-लिखाई और ज्ञान अर्जित कर खुद को स्मार्ट बना लिया है। समय के साथ आपकी सोच, विचार और नजरिए बदल गए। परंतु, आपके घरवाले एवं रिश्तेदार मेरे इस पुराने साधारण मोबाइल की तरह आज भी वैसे ही पुरानी सोच के साथ जीते रहे होंगे। उनकी सोच, विचार और नजरिए में कोई खास फर्क नहीं आया होगा। आपकी परिष्कृत और स्मार्ट सोच का उनकी पुराने ढर्रे वाली सोच के साथ तालमेल नहीं बैठ पाया होगा और इसीलिए आपके अच्छे सुझाव भी उन्हें बुरा लग गया होगा।" – सुखराम ने अपने तर्क को विस्तारपूर्वक समझा दिया।

विनीत को लगा कि सुखराम की बातों में दम है। बात तो आखिर यही रही होगी नहीं तो मेरे इस समझावन बूटी को वे लोग बुरा क्यों मान लेते। मेरी बातों पर अमल करने से उन्हें भी लाभ मिलता। इसमें मेरा तनिक भी स्वार्थ नहीं छिपा था। सुखराम के बुद्धिचातुर्य को देखकर वह प्रसन्न हुआ।

“आपने बिलकुल सही कहा सुखराम जी। मुझे भी लगता है कि यही वजह रही होगी इसीलिए उन्हें मेरी बात जंच नहीं पाई और वे इसका बुरा मान गए।”

“कोई बात नहीं साहब, समय आने पर उन्हें आपकी नेकी का अहसास जरूर होगा।” - कहकर सुखराम ने ट्रे हाथ में लिया और दरवाजे की ओर बढ़ गया।

विनीत का मन अचानक एकदम हल्का हो गया। जिस बात को लेकर वह कल से परेशान था। सुखराम कितनी सहजता से उसका हल सूझा गया। अब वह समझ गया कि ऑफिस के लोग सुखाराम को यूं ही नहीं सम्मान देते। वह इसका वाकई में हकदार भी है। सिर्फ पढ़ाई-लिखाई और ज्ञानार्जन से ही कोई समझदार नहीं हो जाता। समझदारी के लिए जीवन का अनुभव बहुत मायने रखता है। विनीत को भी इसका अहसास हो गया था।

****

13

एक डगर धुंधली-सी

श्रमिक स्पेशल ट्रेन जैसे ही जामताड़ा स्टेशन पर चरचराती हुई गचका खाकर रुकी, रमन्ना अपना बैग लिए किसी तरह ठेलमठेला करते हुए ट्रेन से उतरने में सफल रहा। उसका साथी भी वहीं उतरा। उतरते ही उसने रमन्ना से झटपट विदाई ली और स्टेशन से बाहर सरक लिया। रमन्ना वहीं खड़ा स्टेशन में हर चीज को बड़े ध्यान से देखने लगा और दिमाग पर ज़ोर डालकर कुछ स्मरण करने का प्रयास करने लगा। बड़ी कोशिश की मगर उसे कुछ याद नहीं आई। थोड़ी देर तक असमंजस की अवस्था में वहीं खड़ा रहा। शाम होने को थी। कुछ उपाय तो करना ही पड़ेगा वरना रात होने पर मुश्किलें और भी बढ़ जाएगी। स्टेशन में खड़ा-खड़ा वह ऐसे ही कुछ सोच-विचार कर रहा था कि उसकी नज़र वहाँ स्टेशन पर झाड़ू लगा रहे सफाईकर्मी पर गई। करीब जाकर उससे पूछा – "भाई! फ़तेहपुर यहाँ से कितनी दूर पड़ेगी?"

सफाईकर्मी ने उस पर बिना नज़र डाले जवाब दिया – "वही तीस-चालीस किलोमीटर पड़ेगा।"

रमन्ना का अगला सवाल – "वहाँ के लिए अभी कोई बस मिल जाएगी क्या?"

इतना पूछना था कि एकाएक सफाईकर्मी ने झाड़ू लगाना बंद कर दिया और रमन्ना को ऐसे घूरकर देखा मानो उसने कोई गलत सवाल पूछ लिया हो।

"देखो यार! शाम के समय मज़ाक मुझे पसंद नहीं है।" - उसने पान चबाते हुए रमन्ना से कहा।

"नहीं भाई! कोई मज़ाक नहीं कर रहा हूँ। सच में पूछ रहा हूँ। केरल से आया हूँ और मुझे अभी फ़तेहपुर जाना है। बताओ न कोई बस मिलेगी क्या?" - रमन्ना ने सफाई देते अपना सवाल दोहराया।

"फिर वही फालतू वाला सवाल। कोन्हों दूसरे पलानेट से उतरे हो का?" – सफाईकर्मी का तेवर जरा चढ़ गया।

"भाई, आप गुस्सा क्यों कर रहो हो? मैंने कुछ गलत तो नहीं पूछा है। अगर नहीं पता है तो साफ कह दीजिए।" - रमन्ना ने समझाते हुए कहा।

इस बार सफाईकर्मी ने अपना झाड़ू जमीन पर पटक दिया। मुंह में चबा रहे पान की पीक वही दीवाल पर पिचक दी और गुर्रा उठा–"एकदमे घोंचू हो का? साला एक महिना से पूरा देश बंद है। देश तो छोड़ो, पूरी दुनिया बंद है और यहाँ हमसे पूछते हो फ़तेहपुर के लिए बस मिलेगी क्या? हमहीं मिले हैं चूतियापा के लिए? साला शाम को मूड खराब कर दिया।

रमन्ना का माथा ठनका। बात तो सही कहा इसने। इस बंदी के समय कहाँ बस के बारे में पूछने चला था। अभी तो लॉकडाउन चल रहा है। भला बस कहाँ से मिलेगी? ठीक है, मन को दिलासा दिया और बैग लिए वह स्टेशन से बाहर चला आया।

बाजार सुनसान। कोई बस, टैक्सी या ऑटो कहीं नज़र नहीं आ रही थी। सड़क पर एक्का-दुक्का मोटरसाइकिल सवार कभी-कभार दिख जाते। दुकानें बंद थी। यहाँ-वहाँ एक-दो पुलिसवाले हाथों में डंडे थामे नजर आ जाते। उधर सूरज भी डूब चुका था। अंधेरे ने दस्तक दे दी थी। रमन्ना का मन दुविधा में था। रात को यहीं ठहरा जाए या फिर पैदल ही चल पड़ें गंतव्य की ओर। तीस-चालीस किलोमीटर दूर। चार-पाँच घंटे की पैदल यात्रा थी। कुछ सोचा फिर चल पड़ा। फ़तेहपुर का रास्ता भी नहीं पता। ठीक है, देखा जाएगा। बैग कंधे के सहारे लटकाकर आगे की ओर बढ़ चला। सामने एक चौराहा मिला। दुविधा हुई। अब किस ओर चलें कुछ पता नहीं। वहीं चौराहे पर ठिठक गया। कुछ देर बाद, सामने से एक पुलिसवाले आते हुए दिखाई दिए। उनसे बात की तो बड़े विस्तार से

पुलिसवाले ने उसे पूरा रास्ता समझा दिया।

रात के करीब दस बज रहे थे जब वह फ़तेहपुर पहुंचा। पूरा सन्नाटा। कहीं कोई आदमी नहीं दिख रहा था। इतनी रात में अब कहाँ जाए और क्या करें कुछ समझ में नहीं आ रहा था। थक कर शरीर भी चूर-चूर हो चुका था। ऊपर से तेज भूख भी लगी हुई थी। बैग में खाने के लिए कुछ नहीं बचा था। जो कुछ था रास्ते में निपट गया। समस्या बड़ी थी। निदान कोई नज़र नहीं आ रहा था। कहाँ आकर फंस गया। प्यास भी ज़ोर की चढ़ आई थी। बैग से पानी का बोतल निकाला। बोतल भी खाली था। हुह! क्या मुसीबत है! बोतल बैग में वैसे ही डाल दिया जैसे निकाला था। इधर-उधर नज़रें घुमाई। सामने जमीन पर कुछ कीचड़ और वहाँ पानी चमकता हुआ दिखाई दिया। उस तरफ वह बढ़ गया। आगे कुछ दूरी पर उसे एक पुराने काले पड़ चुके चापाकल नज़र आई। झटपट वहाँ गया। चापाकल से भरपेट पानी पीया और वहीं सामने एक बंद पड़ी दुकान के आसरे पर बैठ गया। बैठा तो बड़ा सुकून-सा महसूस हुआ। आगे कुछ सोचने-विचारने ही वाला था कि एक बात दिमाग में जा खटकी। जहां बैठा था वह बैठकी उसे कुछ जानी पहचानी-सी लगी। दिमाग पर ज़ोर देकर कुछ याद करने की कोशिश करने लगा। वह चापाकल भी जाना पहचाना-सा लग रहा था। वहाँ से वह तुरंत उठा। बगल से गई एक सड़क पर नज़र डाली। कुछ और स्मरण हो आया। अरे! यह तो वही सड़क जान पड़ती है जिससे होकर बाबूजी मुझे साइकिल में बैठाकर फ़तेहपुर लाया करते थे। दौड़कर वह फिर उसी दुकान पर आया। हाँ, हाँ, यह तो वही दुकान है जहां बाबूजी मुझे अक्सर रसगुल्ले खिलाया करते थे। यह तो वही चापाकल है, जहां हमलोग खाने के बाद हाथ मुंह धोते थे। यहीं तो मैं एकबार फिसलकर गिरा था और पैंट में पूरा कीचड़ लग गया था। सब कुछ एक एक कर उसे याद आने लगी थी। वह वहाँ से आगे की ओर भागा और सीधे बस स्टैंड जा पहुंचा। हाँ, यहीं से मैंने उस दिन बस पकड़ी थी जामताड़ा के लिए। अब उसे पूरा विश्वास हो गया था कि वह एकदम सही दिशा में जा रहा है। उसकी मंजिल अब दूर नहीं। खुशी के मारे वह अपनी भूख व थकान सबकुछ भूल गया। मन उमंग से भर उठा। थके शरीर में एक नई स्फूर्ति जाग उठी। वापस उस दुकान के पास गया। उसे सबकुछ

याद दिलाने के लिए शुक्रिया कहा और बगल से जाने वाली एक डगर धुंधली-सी धर ली।

अंधेरी रात। सुनसान सड़क। अनजानी डगर और दूर-दूर तक फैले हुए खेत मन को भयभीत भी कर रहा था। परंतु, अपनी धुंधली-सी यादों के सहारे वह निरंतर आगे बढ़ता जा रहा था। बीच-बीच में मेढकों की टर्टराहट और झींगुरों की झंकार रात की निस्तब्धता को तोड़ जाती। खेतों में भुक-भाक करते जुगनुओं की रोशनी रात की अंधियारी में मानो लुका-छिपी का खेल खेल रही हो।

लगभग घंटा भर और चलता रहा। अपना गंतव्य नहीं मिला। अब उसे शक हुआ कि कहीं कोई गलत राह तो नहीं पकड़ ली। अब क्या? इतनी रात किससे अपने घर का पता पूछूं? न पिताजी का नाम याद है और न ही माँ का। केवल गाँव का नाम स्मरण था। बेजुडीह। बचपन में बाबूजी जब कहीं मेला घुमाने ले जाया करते थे तो अक्सर यही सीख देते कि अगर मेला में कभी बिछड़ गए तो अपना गाँव का नाम 'बेजुडीह' बता देना। गाँव के किसी-न-किसी आदमी तुम्हें जरूर घर ले जाएंगे। वही 'बेजुडीह' उसे आज भी अच्छी तरह याद था।

कुछ दूर चलते-चलते वह एक गाँव में प्रवेश कर गया। रात बहुत हो चुकी थी। लोग सो चुके थे। किसी घर से छोटे बच्चे का रोने की आवाज़ आ रही थी। वह आगे बढ़ता गया। कुछ कुत्ते उसके पीछे लग गए। वह चुपचाप चलता जा रहा था। कुत्ते भी बिना किसी आवाज के पीछे-पीछे चलते जा रहे थे। अब वह जा पहुंचा गाँव के बीचों-बीच। वहाँ एक चबूतरा दिखाई दिया। वह थककर चूर था। पाँव आगे बढ़ने से जवाब देने लगे। सोचा कुछ देर यहीं बैठकर आराम कर लूँ। पीछे मुड़कर देखा। चार कुत्ते पीछे थे। अब तक वे शांत थे। चबूतरे के पास ठिठका ही था कि कुत्तों ने भोंकना शुरू कर दिया।

"हट! हट!" करके वह कुत्तों को दूर भगाने की कोशिश करने लगा। कुत्तों की आवाज और तेज होती गई। आवाज सुनकर बगल वाले घर से एक आदमी निकला। बाहर आते ही उसने आवाज लगाई – "कौन है? कौन है वहाँ पर?"

उस आदमी की आवाज सुनकर कुत्ते और हावी हो गए। कुत्तों से डरकर उसने भागने की कोशिश की। उसे भागता देख वह आदमी ज़ोर-ज़ोर से चिल्लाने लगा – "बच्चा चोर! बच्चा चोर! उठो हो सबलोग! गाँव में बच्चा चोर घुसा है।"

उस आदमी की बातें सुनकर रमन्ना घबरा गया। उल्टे पाँव वह जिधर से आया था उसी दिशा में भागने लगा। कुत्ते भी भौंकते हुए उसके पीछे-पीछे भागे जा रहे थे। 'बच्चा चोर' की आवाज सुनकर गांव के कुछ लोग हाथ में लाठी डंडे लिए उसकी ओर दौड़ पड़े। भारी आफ़त। कुत्तों से बचें या फिर गांववालों से। कुछ लोग सामने तो कुछ पीछे से आते हुए दिखाई दिए। वह वहीं रुक गया। कुत्ते उस पर झपटने लगे। अपना बैग चलाकर वह कुत्तों से बचने की चेष्टा करने लगा। उसी समय एक आदमी ने आकर उसका हाथ पकड़ लिया। दूसरे ने चड़ाक-चड़ाक थप्पड़ उसके गालों पर जड़ना शुरू कर दिया। वह बिलख-बिलखकर रोने लगा। लोगों के आगे हाथ जोड़कर गुहार लगाने लगा – "मैं बच्चा चोर नहीं हूँ। रास्ता भटक जाने के कारण इस गाँव में घुस आया हूँ। मुझे छोड़ दीजिए। मुझे मत मारिए। मैं सच कह रहा हूँ। मेरी बातों पर भरोसा कीजिए।"

भीड़ के कान नहीं होते। भीड़ किसी की सुनती कहाँ? केवल अपनी सुनाती है। मानव भीड़ का अंग बनते ही दानव बन बैठता है। कोई निर्दोष हो या दोषी इसका ख्याल कहाँ किसी को? बस, मारो! मारो! मारो! यमराज की तरह निहत्थों पर टूट पड़ती है। लोग वहाँ आते गए। उस असहाय लड़के पर दो-चार लात-घूंसे जमाते गए। भूख, प्यास, थकान और ऊपर से सांस चलने तक खत्म न होने वाली भीड़ की मार के आगे वह हार गया। वहीं जमीन पर गिर पड़ा। मूर्छित। प्राण-पखेरू अब-न-तब उड़ने को आतुर। उसकी हालत देख दानव बनी भीड़ थोड़ी सहम गई। वहाँ किसी की मानवता जाग उठी। उसे उठाकर सामने के चबूतरे पर लाया गया। अधमरा अवस्था। बस, सांस चलने भर की हलचल। अगर मर गया तो गाँव पर आफत आ पड़ेगी। लोगों के मन में कुछ भय जागा। उसी वक्त रमन्ना के मुख से 'पानी... पानी...' की मरियल-सी आवाज निकली। किसी ने आकर हलक में पानी डाला। स्थिर। शरीर पूरा शांत।

इधर लोगों के अपने-अपने कयास। कोई कहता बच्चा चोर है इसीलिए भाग रहा था। राह भटका होता तो भागने की क्या जरूरत थी? कोई चेहरा देखकर कहता चेहरा-चाटी से बाहरी ही जान पड़ता है। किसी को लगता सचमुच राह भटका कोई राही है। बिना जाने-सुने ऐसी मार नहीं मारनी चाहिए। कोई कुछ और। जितनी मुंह उतनी बातें।

वहाँ गाँव के सरपंच का पदार्पण होता है। उन्होने पूरा मामला समझने का प्रयास किया। लोगों से पूछताछ हुई। हर कोई रमन्ना को बच्चा चोर साबित करने की दलीलें दे रहा था और उसकी पिटाई को सही ठहराने में लगा हुआ था।

पानी पीने के बाद रमन्ना को थोड़ी राहत महसूस हुई। सरपंच जी उसके पास आए। उसके सर को सहलाकर बड़े प्यार से पूछा – "बाबू! ये लोग जो कह रहे हैं, क्या यह सच है?"

उसने 'ना' में सिर हिला दिया।

सरपंच जी थे बड़े दयालु आदमी। उसकी दुर्दशा देखकर सरपंच जी से रहा नहीं गया। सबसे पहले उसके लिए कुछ खाने-पीने का इंतजाम करवाया। भोजन के बाद आराम से पूछताछ आरम्भ हुई। लोग अब भी उसे बच्चा चोर ही साबित करने का प्रयास में लगे हुए थे। सरपंच जी ने उनलोगों की मूर्खता पर उन्हें खूब लताड़ लगाई। मोब लिंचिंग की भयावहता और उसके दुष्परिणाम से लोगों को अवगत कराया। उनकी बातें मानकर सभी लोग शांत हुए।

"बाबू, क्या नाम है तुम्हारा? और तुम्हारा घर कहाँ है?" – सरपंच ने बड़े प्यार से पूछा।

"रमन्ना ! मेरा नाम रमन्ना है। घर बेजुडीह है।"

"तुम बेजुडीह के हो? यह बात इनलोगों को पहले क्यों नहीं बताई?"

"किसी ने मेरी कोई बात नहीं सुनी। सभी ने मेरे ऊपर लात-घूंसे बरसाने शुरू कर दिए। मैं रोता रहा, चिल्ला-चिल्लाकर कहता रहा कि मैं बच्चा चोर नहीं हूँ लेकिन... - वह फफक कर रो पड़ा।

"बेजुडीह तो यहीं है, दो-तीन गाँव बाद। वहाँ के कई लोगों को मैं अच्छी तरह से जानता हूँ। बाप का नाम क्या है?" – सरपंच ने उसे चुप कराते हुए पूछा।

इस बार उसकी बोलती बंद।

भीड़ से फिर किसी की आवाज आई – "देखा बाप का नाम नहीं पता। खाली झूठ पे झूठ बोले जा रहा है। ई सच में बच्चा चोर है। अब पकड़ में आ गया है तो हमें बेवकूफ बना रहा है। सकल-सूरत और बोल-चाल से यह बेजुडीह का लगता ही नहीं।"

उसकी बातों में दम थी। इस बार सरपंच जी ज़रा सख्त होकर बोले – "देखो बाबू! अपने बारे में तुम सबकुछ सच-सच बता दो। हम तुम्हें कुछ नहीं करेंगे अगर हमें लगेगा कि तुम्हारी बात सच है। तुम भूल-भटककर यहाँ आ गए हो तो हम तुम्हें छोड़ देंगे। और नहीं तो पुलिस बुलवाकर उनके हवाले कर देंगे।"

क्या करें, लोगों को कैसे समझाएँ कि बच्चा चोर नहीं हूँ। उसने एक गहरी सांस ली और अपनी आपबीती शुरू कर दी – "देखिए, मैं जो कुछ कह रहा हूँ, सच कह रहा हूँ। मैं बेजुडीह का ही हूँ परंतु, अपने माँ-बाप के बारे में मुझे ज्यादा कुछ याद नहीं है। उन्हें ढूँढने के लिए ही केरल से यहाँ आया हूँ।

क्या? केरल से आए हो? इतनी दूर से? – लोग चौंक पड़े।

"हाँ।" और फिर सारी बात विस्तार से बताने लगा – "आज से लगभग बीस साल पहले की बात है। एक बार स्कूल से आते समय गाँव के एक लड़के से मेरी लड़ाई हो गई थी। हमारे बीच हाथापाई भी हुई। उसने मुझे एक ज़ोर का घूंसा लगा दिया। उस पर मुझे बहुत गुस्सा आया। आव देखा न ताव, तुरंत एक पत्थर उठाया और उसके सिर पर दे मारा। उसका सिर फट गया। खून बहने लगा। उसके घरवाले ने जाकर मेरे बाबूजी से इसकी शिकायत कर दी। फिर क्या था, बाबूजी ने मेरी खूब पिटाई कर दी। दोष उसी लड़का का था। पहले उसी ने मुझे धक्का मारा था। मेरी एक भी नहीं सुनी गई। निर्दोष होकर भी पीट गया। बाबूजी की मार खाने के बाद मेरा गुस्सा और बढ़ गया। अत्यधिक क्रोध के कारण मुझे कुछ समझ में नहीं आ रहा था। बिना कुछ सोचे-विचारे घर से भाग गया। फ़तेहपुर जा पहुंचा। वहाँ एक बस मिली। उसमें चढ़ गया। वह बस मुझे जामताड़ा ले गयी। मेरा क्रोध अब भी शांत नहीं हुआ था। घूमते-फिरते वहाँ रेलवे स्टेशन पर जा पहुंचा। उसी समय एक ट्रेन आकर वहाँ

रुकी थी। क्रोध के मारे उस ट्रेन में चढ़ गया। फिर क्या, गाड़ी खुली और एक लंबी यात्रा के बाद सीधे दिल्ली जा पहुंचा। कुछ दिनों तक स्टेशन में ही इधर-उधर भटकता रहा। लोगों से मांग-मांगकर खाना खाता रहा। एक दिन एक आदमी मेरे पास आया और बोला कि तुम मेरे साथ चलोगे वहाँ रोज भरपेट खाना मिलेगा। कोई उपाय न सुझा तो उसके साथ हो लिया।

वह सर्कस वाला आदमी था। एक सर्कस कंपनी में काम करता था। वहीं मुझे भी ले गया। उसके तीन बच्चे थे। उनसे मेरी दोस्ती करा दी गई। हम साथ मिलकर खूब खेलते-कूदते और मस्ती करते। उन्हीं के साथ रहने लगा। सर्कस कंपनी में इधर-उधर की कुछ काम करने लगा। अपने घर लौटने की बात उस आदमी से करता तो वे कहते जब तुम्हारे शहर में हम सर्कस लेकर जाएंगे तब तुम अपना घर चला जाना। ऐसे ही दिन गुजरते गए। हम अक्सर उस आदमी के साथ अलग-अलग शहर में जाते। सर्कस का खेल दिखाते। एक शहर से दूसरा और दूसरा से तीसरा। समय के साथ बड़ा होता गया और सर्कस का काम भी सीखता गया। धीरे-धीरे सर्कस में अपना करतब दिखाने का मौका मिलने लगा। उस सर्कस के कामकाज में पूरी तरह रम गया। फिर अपने घर की सुध-बुध नहीं रही। यहाँ की सारी यादें भूलता गया। वहाँ लोग मुझे खूब मानते। खूब पसंद करते। दर्शकों में भी मेरा बड़ा क्रेज रहता। इसी तरह जिंदगी कटने लगी थी। यहाँ तक कि माँ-बाबूजी के नाम तक भूल चुका हूँ।

वह कुछ पल के लिए रुका। वहाँ खड़े लोगों पर एक नज़र डाली। फिर बात आगे बढ़ाई – “कई शहरों में सर्कस दिखाने के बाद हमारी कंपनी केरल पहुँची थी। वहाँ सर्कस चलाने की पूरी ज़िम्मेदारी मुझ पर थी। सबकुछ अच्छा चल रहा था। अपनी जिंदगी से बहुत खुश था। अपने मन मुताबिक जीवन जी रहा था। सर्कस कंपनी में मेरा ओहदा भी बढ़ चुका था। केरल के कई शहरों में हमने सर्कस दिखाए। फिर, हमारी कंपनी केरल की राजधानी तिरुअनंतपुरम जा पहुंची। वहाँ अपना खेल आरंभ करने ही वाला था किन्तु, उसी समय राज्य में कोरोना ने दस्तक दे दी। कोरोना के बढ़ते मामले को देखकर वहाँ के प्रशासन ने हमें सर्कस चलाने की इजाजत नहीं दी। फिर क्या था, शीघ्र ही पूरे देश में कोरोना फ़ैल गया

और देशभर में लॉकडाउन की घोषणा हो गई।

कुछ दिनों तक आशा देखी परंतु, स्थिति सामान्य होती नजर नहीं आ रही थी। कंपनी के स्टाफ कंपनी छोड़कर अपने-अपने घर जाने लगे थे। उन्हें घर जाते देखकर मेरा भी मन होता 'काश! मुझे भी पता होता कि मेरा गाँव कहाँ है और मैं भी अपना घर जा पाता।' परंतु, मुझे अपने घर के बारे में ज्यादा कुछ पता नहीं था। केवल अपने गाँव का नाम याद था -' बेजुडीह।' भला गाँव के नाम से यहाँ कैसे पहुँच पाता? मैंने घर लौट पाने की सारी उम्मीदें छोड़ दी थी। मेरा सबकुछ वही सर्कस कंपनी थी।

उसने एक लंबी सांस ली और फिर आगे की कहानी सुनाते हुए कहा – "कामबंदी और स्टाफ के छोड़कर चले जाने के कारण एक दिन मैं बड़ा उदास होकर तिरुअनंतपुरम रेलवे स्टेशन की ओर चल पड़ा। स्टेशन पर सन्नाटा पसरा हुआ था। बेमन वहीं स्टेशन के बगल में बैठ गया। जेब से सिगरेट निकाला और उसका कश लेने लगा। उसी समय मेरे पास एक लड़का आया। उसने सिगरेट पीता देख मुझसे माचिस मांगी। मैंने जेब से निकालकर उसकी तरफ माचिस बढ़ा दी। उसने भी सिगरेट सुलगाया और उसका कश लेने लगा। हमारे बीच यूँ ही बातचीत का सिलसिला आरंभ हुआ। उसने बातों ही बातों में अपनी आपबीती सुना दी। वह इसी क्षेत्र का रहनेवाला था। जामताड़ा के आसपास का। दो साल पहले केरल गया हुआ था काम की तलाश में और वहाँ एक चाय की दुकान चलाने लगा था। लॉकडाउन के कारण उसकी दुकान बंद हो गई थी। वह वहीं फंस गया था। गाँव लौट नहीं पाया था। आवागमन के सारे साधन बंद हो चुके थे। उतनी दूर से आखिर आए तो कैसे आए? यही चिंता उसे सता रही थी। एक दिन कहीं से उसे खबर मिली कि यहाँ की प्रदेश सरकार द्वारा बाहर फंसे अपने मजदूरों को वापस लाने के लिए श्रमिक स्पेशल ट्रेन चलाई जा रही है। वह खुशी के मारे भागे-भागे स्टेशन जा पहुंचा था और इस तरह हमारी आपस में मुलाक़ात हुई थी।"

उसने आगे बोलना जारी रखा – "हमारा सिगरेट एपिसोड खतम हुआ। वह अपना पास लेने स्टेशन चला गया। फिर पता नहीं, क्यों उसकी बातें सुनकर मुझे बड़ा सुकून-सा महसूस हुआ। उसकी बातें दिमाग में बार-बार घूमने लगी। उसकी कुछ बातें मुझे जानी सुनी-सी प्रतीत हो

रही थी। मैं वहीं बैठे, यूँ ही कुछ सोचता-विचारता रहा। थोड़ी देर बाद ट्रेन का पास लिए वह लड़का आता हुआ दिखाई दिया। मैंने उसे अपने पास आने का इशारा किया। वह पास आया। मेरे दिमाग में उसकी एक बात खटक रही थी और उसी के बारे में मैंने उससे पूछ लिया कि तुमने अपना गाँव का नाम क्या बताया था। उसने जवाब में फिर वही शब्द दोहराया - जामताड़ा। यही वह शब्द था जो मुझे कुछ जाना सुना-सा लग रहा था। जामताड़ा के बारे में उससे और कई बातें पूछी। वहाँ के बारे में उसने कई सारी बातें बतलाई परंतु, मुझे कुछ भी याद नहीं आ रही थी। वह लड़का वहाँ से जाने लगा। उसी समय अचानक मेरे दिमाग में कुछ क्लिक-सा हुआ और मैंने उससे पूछा कि जामताड़ा से आसपास में कहाँ-कहाँ के लिए बसें चलती हैं। उसने चलते-चलते ही जवाब देते हुए कहा कि नारायणपुर, करमाटांड़, चित्तरंजन, नाला, फतेहपुर और कई जगह की बसें चलती है। दिमाग में कुछ और खटका। उसे रुकने के लिए कहा। वह रुक गया। अपनी बात एक बार फिर से दोहराने के लिए कहा। उसने बात दोहराई - नारायणपुर, करमाटांड़, चित्तरंजन, नाला, फतेहपुर और कई जगह की बसें। फ़तेहपुर। हाँ, मुझे फ़तेहपुर याद हो आई थी। उससे अपना गाँव बेजुडीह के बारे में पूछा तो वह कुछ न बता सका। कोई बात नहीं, फ़तेहपुर पहुँच गया तो अपना गाँव जरूर मिल जाएगा। फिर क्या। उसे प्यार से अपने पास बैठाकर मैंने अपनी पूरी दास्तान सुनाई। मेरी कहानी सुनकर वह बड़ा भावुक हो गया। मुझे भी पूरा विश्वास हो गया था कि उधर ही मेरा गाँव है। सर्कस छोड़ मैंने भी अपना गाँव लौट जाने का निश्चय कर लिया। उस लड़के ने मुझे भी ट्रेन का एक पास दिलवा दिया। फिर, सर्कस कंपनी को मैंने तुरंत इसकी जानकारी दी और निकल पड़ा घर की खोज में।"

वहाँ का माहौल एकदम शांत था। हर कोई बड़े ध्यान से उसकी बातें सुन रहा था। उसकी कहानी किसी फिल्मी दुनिया की कहानी-सी प्रतीत हो रही थी।

"एक लंबी यात्रा करने के पश्चात आज शाम को जामताड़ा पहुंचा। लॉकडाउन के कारण वहाँ से फ़तेहपुर आने के लिए कोई साधन नहीं मिला। कोई उपाय नहीं देखकर पैदल ही चल पड़ा। चलते-चलते किसी

तरफ फ़तेहपुर पहुंचा। बहुत रात हो गयी थी। वहाँ इधर-उधर घूमा-फिरा। फिर कुछ चीजें याद आने लगी। एक रास्ता थोड़ा जाना पहचाना-सा लगा। उसी रास्ते चल पड़ा और अंत में इस गाँव में आकर बच्चा चोर के नाम पर पीट गया।" – उसने अपनी बात पूरी की।

उसकी बातों से लोगों को अब विश्वास हो गया कि वह सच में कोई बच्चा चोर नहीं है। किन्तु, भीड़ में एकाध लोगों को अब भी उस पर शक था। उसी में एक आदमी बोल उठा – "सर्कस का कोई करतब दिखाओ। तब हम मानेंगे कि तुम सच कह रहे हो।"

मरता क्या नहीं करता। दर्द के मारे चूर अपने बदन को किसी तरह उसने सीधा किया और सर्कस के दो-चार करतब लोगों के सामने पेश कर दिए।

अब सभी को उसकी बातों पर यक़ीन हो गया था। गाँव वालों ने बच्चा चोर समझकर बिना कुछ सोचे-विचारे उसे मारने-पीटने के लिए खूब अफसोस जताया। कुछ लोगों ने सामने आकर उससे माफ़ी भी मांग ली। सरपंच जी उसे अपना घर ले गए। रात में वहीं ठहरने आदि का इंतजाम किया गया।

सुबह यह खबर बेजुडीह पहुंचा दी गई। चंद घंटे के भीतर उस गाँव से सरपंच जी के यहाँ टेलीफोन आ गया। एक बूढ़ा दंपति रमन्ना से बात करना चाह रहा था। सरपंच ने लड़के की बात उस दंपति से करवाई। रिसीवर पकड़ते ही उधर से एक बुजुर्ग व्यक्ति की आवाज सुनाई दी – "हैलो बेटा! तुम्हारा घर बेजुडीह है?"

"हाँ।" – रमन्ना ने जवाब दिया ।

"बाप का क्या नाम है?" – उधर से अगला सवाल उभरा।

जवाब – "वो तो मुझे नहीं पता।"

दोनों तरफ कुछ देर तक चुप्पी छाई रही।

फिर उधर से सवाल आया – "तब तुम्हें गाँव का नाम कैसे याद है?"

"बचपन में जब बाबूजी मुझे मेला ले जाते थे तो हमेशा यही बात सीखाते थे कि मेले में अगर कहीं बिछड़ गए तो अपना गाँव का नाम बेजुडीह बता देना, गाँव का कोई-न-कोई आदमी तुम्हें घर जरूर पहुंचा देगा। इसीलिए बचपन से मुझे अपना गाँव का नाम याद है।" - इधर से

जवाब मिला।

उधर उस बुजुर्ग व्यक्ति की धड़कन बढ़ गई। उसने बड़ी उत्सुकता के साथ पूछा – "क्या तुम्हारा नाम रामू है?"

"मेरा नाम रामू नहीं, रमन्ना है।" – जवाब मिला।

फिर दोनों ओर चुप्पी। 'रमन्ना' नाम सुनकर बुजुर्ग दंपति निराश हो गए। थोड़ी देर बाद, बगल से किसी बुजुर्ग महिला की धीमी-सी आवाज सुनाई पड़ी – "हो सकता है नाम बदल लिया हो। उससे पूछो, घर से कैसे बिछड़ा था? कुछ याद है तो बताने बोलो।" वही सवाल उस बुजुर्ग व्यक्ति ने फोन पर दोहराया।

"एक दिन स्कूल से आते समय एक लड़के से मेरी लड़ाई हो गई थी। मैंने पत्थर से उसका सिर फोड़ दिया था। जब घर पहुंचा तो मेरे बाबूजी ने मेरी खूब पिटाई कर दी थी। इसीलिए गुस्से में आकर घर से भाग गया था।" – उसने जवाब में कहा।

इतना बोलना था कि दूसरी ओर से सिसकने की आवाज सुनाई देने लगी थी। वे लोग कुछ बोल नहीं पा रहे थे। थोड़ी देर तक यही क्रम चलता रहा। फिर अपने आप को संभालते हुए उस बुजुर्ग व्यक्ति ने कहा – "रामू, मेरा बेटा! तू वापस आ गया। भगवान का लाख-लाख शुक्र है। तू कहाँ चला गया था रे! कहाँ-कहाँ नहीं ढूंढा तुम्हें। मगर तुम्हारा कोई अता-पता नहीं। मैंने तो सारी उम्मीद छोड़ ही दी थी। परंतु, तेरी माँ हमेशा कहती थी कि मेरा बेटा एक दिन जरूर वापस आएगा। तू आ गया रे। तू आ गया मेरा बेटा। मेरा जिगर का टुकड़ा। भगवान धन्य है तेरी लीला। धन्य है! धन्य है!" कहते कहते उसने फोन रख दिया।

यह खबर गाँव में आग की तरह फ़ैल गई। जो भी सुनता भिखू का बेटा रामू लौट आया है, भगवान का लाख-लाख शुक्र जताता। बैंड बाजे के साथ उसे अपना घर लाया गया। पूरे गाँव में उत्सव का माहौल बन गया था। घर में लोगों का आने-जाने का तांता लग गया। देखने आने वालों के अलग-अलग विचार होते। कोई कहता चेहरा बिलकुल बदल गया है। किसी किसी को रामू की आँख-नाक वही बचपन वाली ही दिखती। और तो और इतने वर्षों के बाद भी सभी को रामू की मुस्कान एकदम बचपन वाली वही प्यारी-सी मुस्कान लगती। कोई पूछता इतने दिनों तक कहाँ

गायब था? कोई पूछ बैठता अचानक घर की याद कैसे हो आई? कोई जानना चाहता था कि इतने दिनों में रामू को गाँव की, घर की और अपने माँ-बाप की याद आती थी या नहीं? इसी प्रकार के अनगिनत सवाल। जब जैसे मन में आता, कुछ-न-कुछ उनको जवाब वह दे जाता। मगर आज रामू बहुत खुश था। एक तरफ कोरोना महामारी ने दुनिया भर में कहर मचा रखा था तो वहीं दूसरी ओर इसी की वजह से आज रामू को अपना घर, अपना गाँव और माँ-बाप सबकुछ मिल गया था।

****

14

भँवर टूट न सका

मधुवन प्रकृति की गोद में बसा हुआ एक छोटा-सा गाँव था। वहाँ की आबादी वही पचास-साठ परिवारों की रही होगी। वह भी था बड़ा विरल बसा हुआ गाँव। पहाड़ी इलाका होने के कारण वहाँ लोग चाहकर भी योजनाबद्ध तरीके से घर नहीं बना सकते थे। एक घर यहाँ तो एक घर वहाँ, एकदम बेतरतीब ढंग का। दो घरों के बीच अच्छा खासा फासला दिख जाता। मगर ख़ासियत यह थी कि घरों के फासले के बावजूद भी दो परिवारों के बीच किसी प्रकार का कोई फासला नहीं दिखता। सभी परिवार एक-दूसरे से इस प्रकार संबद्ध थे मानो वे एक ही परिवार का विस्तारमात्र हो। शहरों से बिलकुल उलट। यहाँ तो पड़ोस में कौन रहता इसका भी लोगों को ज्ञान नहीं।

उसी गाँव में लखना रहता था। उसका ढोबा-भीतर वाला एक छोटा-सा कच्चा मकान था, मगर था बेहद ही सुंदर और इसकी सुंदरता को बरकरार रखने का श्रेय अगर किसी को जाता तो वह थी उसकी पत्नी मूँगिया। अपने सीमित संसाधनों से भी वह घर ऐसे सजाए रखती कि आज के इंटीरियर डिजाइनर भी उसके सामने नतमस्तक हो जाए। घर की दीवारों पर मिट्टी का उभार देकर हिरण, गाय, हाथी, पहाड़, सूर्य, चन्द्र, मोर, तितली, सुग्गा और न जाने कितने तरह के फूल-पत्तियों की आकृतियाँ उकेरती। दीवारों की लिपाई के लिए वह पहले गोबर का घोल बनाकर उसमें जली हुई पत्तियों की राख़ मिलाती। फिर उसी घोल से बड़ी

कलाकारी के साथ दीवारों की लिपाई करती। जली हुई पत्तियाँ इसलिए मिलाती ताकि गोबर के रंग में जरा कालापन आ जाए और यह रंग मिट्टी के दीवारों पर खूब जँचता। दीवारों पर उभरी हुई आकृतियों पर खड़िया मिट्टी, गेरुआ पत्थर से बने रंग और कभी-कभी नील- हरे रंग चढ़ाकर उन्हें अत्यंत आकर्षक स्वरूप दे देती।

लखना के विवाह के चार साल पूरे हो चुके थे, मगर अभी तक पत्नी की ओर से कोई खुशख़बरी नहीं मिल पाई थी। मगर उसे इस बात से ज्यादा फ़र्क नहीं पड़ता। वह तो दिनभर अपनी खेतीबाड़ी के कामों में व्यस्त रहता। किन्तु, उसकी पत्नी को इस बात की थोड़ी चिंता होने लगी थी। वह वैसे तो निश्चिंत रहती मगर, गाँव की कुछ औरतें उसके बारे में कानाफूसी करने लगी थीं। इस बात से उसे बड़ी चिढ़-सी होती और मन-ही-मन कुढ़कर रह जाती। मन की चिंता व्यक्ति के सम्पूर्ण व्यक्तितत्व को ही पलटकर रख देती है। उसके साथ भी कुछ वैसा ही होने लगा था। जैसे-जैसे मन में चिंता गहराती गई, वैसे-वैसे उसकी चंचलता, चपलता और बाँकपन में ह्रास होता गया। मन की खुशियाँ धूमिल होने लगी और मन के किसी कोने से उठी दुश्चिंता के बादल धीरे-धीरे उसके सम्पूर्ण व्यक्तितत्व को ढकने लगा।

लखना को भी इसका आभास होने लगा था। कई बार उसने पत्नी की उदासी का कारण जानने की कोशिश की किन्तु, मूँगिया हर बार कुछ बातें बनाकर उसे टाल देती। इसी तरह एक और बरस बीत गया। मूँगिया के मन की परेशानी और अधिक बढ़ गई। समय के साथ लोगों के ताने भी बढ़ने लगे थे। खेत-खलिहान कहीं भी कोई मिल जाए तो जान-बूझकर वे उसके सामने बस वही बात छेड़ देती जिससे, वह हरदम बचने का प्रयास करती और फिर गर्भवती होने के हजारों टोटके, हजारों नुस्खे और न जाने कौन-कौन से गुणी-ओझा के पते बिन मांगे उसे बतला जाती। ऐसे लोगों से अब वह ऊब-सी गई थी। उनसे मिलने–जुलने से वह कतराने लगी थी। समय बीतता गया और उसने अपनी दुनिया घर-आँगन तक ही सीमित कर ली थी।

एक दिन आधी रात को जब लखना की नींद खुली तो बगल में उसकी पत्नी सिसक रही थी। आँखों से झर-झर आँसू टपक रहे थे। वह झटपट

खाट से उठा। बगल में अत्यंत मद्धिम रोशनी में जल रहे लालटेन को तेज किया और पत्नी के सिर पर हाथ फेरते हुए बोला – "क्या हुआ मूँग! रो क्यों रही हो?"

कोई जवाब नहीं आया। आँसू पोंछते हुए उसने दूसरी ओर करवट बदल ली।

"मन की बात मुझसे नहीं करोगी तो और किससे कर सकोगी?"

थोड़ी देर तक वहाँ चुप्पी छाई रही, फिर अचानक उसकी पत्नी बोल पड़ी – "क्या हमारे बच्चे नहीं होंगे?"

"हाँ होंगे ही, क्यों नहीं होंगे?"

"लोग कहते हैं कि हमें बच्चे नहीं हो सकते।"

"किसने कही तुमसे यह बात?"

"कल गाँव में हिमालय से एक सिद्धि बाबा आए थे। लोगों का हाथ देखकर ही उसका भाग्य बता देते। वहाँ हर कोई अपना हाथ दिखा रहा था। मैंने भी दिखाया। देखकर कहा कि हमारे भाग्य में कोई संतान लिखी नहीं है।" – उसकी पत्नी दिन की घटना बड़े भोलेपन के साथ बयां कर गई।

"और तुम्हें उनकी बातों पर विश्वास हो गया?"

"हूँ ..." में उसने सिर हिला दिया।

मन की बात बाहर आई तो मूँगिया को लगा जैसे उसके दिल पर रखा एक बहुत बड़ा चट्टान हट गया है। कितनी बार उसने मन की बात पति से साझा करना चाहा था किन्तु, संकोच का साँप दिल को इस कदर जकड़ लेता कि बात हलक से बाहर निकल ही नहीं पाती। एक अनजाना-सा डर मन में समाया रहता कि पता नहीं पति क्या सोचेंगे। कहीं मुझ पर कोई खोट न निकाल बैठे। बाहर लोगों के लाख ताने सह सकती हूँ किन्तु, अगर पति ताने देने लगे तो मेरा जीना मुश्किल हो जाएगा। परंतु, आज मन की बात बाहर निकल आई तो वह अत्यंत हलका महसूस करने लगी थी। बात अगर निकल ही गई तो फिर आधी अधूरी क्यों? सरसराती हुई बीते वर्षों की सारी बातें उसने उसी रात बता डाली।

सुनकर पति को बड़ा कष्ट हुआ कि बीते वर्षों में उसकी पत्नी को न जाने कैसी-कैसी मानसिक वेदनाओं से होकर गुजरना पड़ा। उसे कभी-

कभी पत्नी के इस भोलेपन पर बड़ी खीझ भी होती। उसके साथ इतना कुछ हो रहा था किन्तु, ये सारी बातें मेरे साथ साझा करने के बजाए उन्हें मन में दबाकर वह खुद अंदर-ही-अंदर घुटती रही। परंतु, क्या किया जाए, नारी थी। अपने स्वभाव से बाज कैसे आती। भला, दोष दें तो किसे? समाज को इतनी आसानी से बदला नहीं जा सकता। लोगों की संकुचित मानसिकता बदल नहीं सकती। इसे बस, अपनी नियति मानकर ही उसे संतोष करना पड़ा।

अगले दिन जब वह दोपहर को खेत से लौटा तो पत्नी ने उसके सामने उन सारे गुणी-ओझा के पते रख दिये, जो अब तक उन्हें बिन मांगे लोगों से प्राप्त हुए थे। उसने एकेक कर सारे पते गौर से देखा और फिर उन्हें पत्नी को वापस लौटा दिया। एक गहरी सांस ली और फिर पत्नी की आँखों में झाँकते हुए मुसकराकर बोला – "नहीं मूँग, हम इनमें से किसी के भी पास नहीं जाएंगे।"

यह सुनकर पत्नी का चेहरा उतर-सा गया। वह पति के मुख से कुछ और ही सुनने के लिए अधीर थी मगर, निकला कुछ और।

पत्नी की मनोदशा वह भाँप गया, आगे बोला – "हम गुणी-ओझा नहीं बल्कि, शहर के किसी बड़े डॉक्टर के पास चलेंगे।"

यह सुनते ही मूँगिया का चेहरा तुरंत खिल उठा। उसे मानो दोहरी खुशी मिल गई हो। पहली खुशी इलाज कराने की और दूसरी शहर जाने की। मूँगिया अब तक मात्र एक बार ही शहर गई थी। वह भी अपने बाबा के साथ, जब वह सात-आठ बरस की थी। बाबा ने बचपन में उसे एक बार पूरे परिवार के साथ शालीमार सर्कस दिखाने शहर ले गया था। उसके बाद कभी शहर जाने का मौका ही नहीं मिल सका। अब पति के साथ शहर जाने वाली थी। ऐसी अच्छी बात सुनकर भला कौन खुश न होवे।

शहर जाने की तैयारी करने में पूरा एक सप्ताह लग गया। शहर जा रहा है, खर्च भी तो वैसे ही होंगे। वहाँ कोई जान-पहचान का भी नहीं था। इसीलिए कुछ अतिरिक्त रुपये साथ में रख लेना ही सही लगा। रुपए कम पड़े तो जान-परिचित वालों से कुछ उधार ले लिया। किन्तु, जाना है पूरी तैयारी के साथ।

लखना पत्नी को लेकर शहर पहुंचा। वहाँ एक बड़ा डॉक्टर से मिला। दोनों की फर्टिलिटी जांच हुई। सबकुछ सही निकला। कहीं कोई किसी प्रकार की खोट नहीं। डॉक्टर ने अच्छे परिणाम के लिए मूँगिया को कुछ इंजेक्शन दिए और साथ ही कुछ दवाइयाँ खाने के लिए दे दी। वे लोग खुशी-खुशी घर वापस लौट आए।

लगभग दो महीने बीत गए थे। निर्देशानुसार वे लोग एक बार फिर डॉक्टर के पास जा पहुंचा। मूँगिया की जांच हुई और वह गर्भवती पाई गई। ऐसे शुभ समाचार सुनकर दोनों फूले नहीं समा रहे थे। दोनों के निरंतर मुस्कराते चेहरे बयां कर रहे थे कि वे इस खबर से कितने प्रसन्न हैं। दोनों ने सिनेमाघर में जाकर सिनेमा देखा। अच्छे होटल में खाना खाया और फिर हँसी-खुशी घर लौट आए।

देखते ही देखते नौ महीने बीत गए।

आज सुबह से मूँगिया को ठीक नहीं लग रहा था। वह सो कर उठी और अनमने ढंग से घर की चूल्हा-चौकी में लग गई। पति हल-बैल लेकर खेत चला गया। घर के कामों से निपटी तो कुछ कपड़े एक डलिया में डालकर नहाने के लिए धीरे-धीरे गांव के बीचों-बीच से बहनेवाले नाले पर चली गई। डलिया से आधे कपड़े ही धुले होंगे कि उसे पेट में दर्द होने लगा। दम दबाकर किसी तरह कपड़े धो डाले और झटपट नहाकर घर की ओर चल दी। आधे रास्ते में ही दर्द इतना तेज हो गया कि पाँव आगे बढ़ाना मुश्किल हो गया। कोई उपाय न देख वह वहीं जमीन पर बैठ गई और दर्द के मारे कराहने लगी। दर्द भी ऐसा कि लगता जैसे प्राण निकल जाए। कोई आस-पास नजर भी नहीं आ रहा था कि हाँक दे सके। बेबस वहीं जमीन पर निढाल हो गई और दर्द के मारे तड़पने लगी। उसी समय एक खेलते हुए बच्चे की नजर उस पर पड़ी। दौड़कर उसने यह बात घर में बताई। घर पर केवल औरतें थी। वे खटिया लिए दौड़ी और किसी तरह उस पर लादकर उसे घर ले आईं।

किसी ने जाकर उसी समय लखना को भी इसकी सूचना दे दी। वह भागे-भागे घर आया। घर पहुंचा तो देखा पत्नी ने एक सुंदर बालक को जन्म दिया है। उसका रोम-रोम खिल उठा। आज उसे जीवन की एक अद्वितीय खुशी मिली थी। एक संपूर्णता का अहसास हो रहा था। जीवन

के किसी कोने में जो सूनापन था, नवजात के कर्णप्रिय रुदन से वह आज गुलजार हो उठा।

घर में एक नन्हें मेहमान के आगमन से लखना की जिंदगी ने एक नई करवट ले ली। उसने अपने बेटे का नामकरण एक बड़े पंडित के पास जाकर करवाया। बड़ा ही अच्छा नाम निकला – 'अजय' अर्थात, जिस पर कोई जय प्राप्त नहीं कर सके। अपने लिए उसने कोई सपना भले ही नहीं पाला था किन्तु, जैसे-जैसे बेटा बड़ा होता गया उसके लिए मन में नए-नए सपने भी सजने लगे थे।

हम सपने बुनते हैं। कई तरह के सपने, कुछ पूरे होते तो कुछ अधूरे रह जाते। अधूरे सपनों को भी मरने-मिटने नहीं देते बल्कि, उन्हें पूरे करने की ज़िम्मेदारी अगली पीढ़ी के कंधों पर डाल देते हैं। ऐसे ही कुछ अधूरे सपने अगली पीढ़ी भी आनेवाली अपनी अगली पीढ़ी के लिए छोड़ जाती है। और हमारे सपनों का सिलसिला कुछ इसी भांति पीढ़ी-दर-पीढ़ी चलता रहता है। यही तो जीवन है। जीवन क्रम की वह अटूट लड़ी है जो कभी टूटती ही नहीं। जिस दिन यह लड़ी टूट जाएगी, मानव का विकास क्रम वहीं रुक जाएगा। सपनों की इसी लड़ी का परिणाम है कि आज हम पहाड़ों के किसी गुमनाम गुफा से उठकर चाँद तक पहुँचने में कामयाब हुए हैं।

लखना भी सपनों की इसी अटूट कड़ी को आगे बढ़ा रहा था। बेटे के लिए कुछ नए सपने बुनने लगे। वैसे सपने जो वह स्वयं पूरा न कर सका था। जटिल परिस्थितियों के आगे उसके हाथ-पाँव बंधे हुए थे। कोई सुनहरा अवसर उसे नसीब न हो सका था। जब पढ़ाई-लिखाई की उम्र थी उस वक्त पेट की आग से जंग लड़ता रहा। जंग जब जीता तो पढ़ने की उम्र निकल गई थी। मन में इस बात का मलाल जरूर रहता। किन्तु, अब बीते पर पछताने का वक्त नहीं था। आनेवाली पीढ़ी को एक सुनहरा भविष्य देना था। बेटे की अच्छी परवरिश, उच्च शिक्षा देने, एक क़ाबिल इंसान बनाने और न जाने इसी भांति के अनगिनत सपने उसके मन में पलने लगे थे।

हँसी-खुशी इसी तरह पाँच वर्ष बीत गए। अजय स्कूल जाने लगा था। उसका स्कूल जाना भी हर दिन एक नया जंग जीतने के बराबर था।

स्कूल तक पहुँचने के लिए उसे दो छोटी-छोटी पहाड़ियाँ और एक नाले पार करके जाना होता था। हर दिन लखना बेटे को अपने कंधे पर बैठाता, उसके बस्ते पीठ पर टांग लेता और चल देता स्कूल की ओर। रास्ते में उसे तरह-तरह की कहानियाँ सुनाता जाता। कभी चमत्कारी देवी-देवताओं की तो कभी कुछ महापुरुषों की कहानी। पिताजी से सुनी अनेक लोग कथाएँ भी वह अपने बेटे को सुनाता। लोक कथाओं की परंपरा इसी तरह पीढ़ी-दर-पीढ़ी आगे बढ़ती जाती है।

कुछ वर्ष और बीत गए। अजय दिन-प्रतिदिन पढ़ाई में माहिर होता गया। जब पाँचवीं कक्षा का परिणाम आया तो वह कक्षा में सबसे अब्बल आया था। स्कूल मास्टर ने लखना को एक दिन स्कूल में बुलाया और बाप-बेटे दोनों को खूब शाबाशी दी। बेटे की इस उपलब्धि पर लखना गदगद हो उठा। गर्व से उसका सीना चौड़ा हो गया। बेटे को उठाकर उसने सीने से लगा लिया। आँखों में आँसू छलक आए। खुशी के आँसू, हर्ष के आँसू, उल्लास के आँसू!

एक दिन बेटे को वह स्कूल छोड़ने जा रहा था, रास्ते में मौसम खराब होने लगा। स्कूल पहुंचा ही था कि झमाझम बारिश शुरू हो गई। बेटे संग वह भी स्कूल में रुक गया। समय के साथ बारिश और तेज होती गई। चारों ओर अंधेरा छा गया। भारी बारिश होने का संकेत मिल रहा था। शिक्षक ने समस्या को भाँपते हुए स्कूल की छुट्टी कर दी। आसपास के बच्चे किसी तरह भीगते-भागते अपने-अपने घर चले गए। किन्तु, लखना करे तो करे क्या? घर भी दूर था। इस तरह बारिश में निकलना भी जोखिम भरा होगा। बेटे के साथ वहीं फँस गया। उसे इस बात की बड़ी तसल्ली हुई कि आज वह बेटे को स्कूल छोड़कर खेत में काम करने नहीं गया था। नहीं तो, पता नहीं आज बेटे की क्या हालत होती। बेटे को गोदी में लेकर वह स्कूल के बरामदे पर जा बैठा और बारिश थमने का इंतजार करने लगा। समय बीतता गया। मगर बारिश थमने का नाम नहीं ले रही थी। दोपहर हो गया। भूख भी लगने लगी। अब करें तो करें क्या? इसी सोच में वह डूबा हुआ था।

उसी समय बेटा बोला – “बाबा! रोटी खाएं?”

“कहाँ मिलेगी?” – उसने बेटे से पूछा।

बेटे ने बस्ते से एक पोटली निकाली और उसे पिताजी की ओर आगे बढ़ाते हुए कहा – "ये लो।"

उस पोटली में दो मकई की रोटियाँ थी और कुलथी की पीसी हुई थोड़ी-सी चटनी। लखना ने उसे बेटे को खिलाया और उसकी जिद्द के कारण आधी रोटी खुद भी खा ली।

बारिश थोड़ी रुकी तो लगभग शाम होने को चला था। दोनों घर की ओर चल दिए। बेटा आगे-आगे चलता रहा और बाप उसके पीछे-पीछे। आधे रास्ते में पड़ने वाले नाले के पास जब वे आए तो उसमें उफनती पानी को देखकर लखना का दिल धक-सा रह गया। नाले के सामने आकर वे दोनों रुक गए। नाले ने आज अपना प्रचंड रूप धारण किया हुआ था। उसकी कलकल करती सुमधुर आवाज आज बड़ी डरावनी-सी हो गई थी। नाला ऐसा दहाड़ रहा था मानो प्रलय का आह्वान कर रहा हो। अगर वह अकेले होता तो दम लगाकर किसी तरह उसे पार कर ही जाता किन्तु, साथ में बेटा भी था। उसे लेकर किसी प्रकार का जोख़िम नहीं लिया जा सकता था। वही उसका भविष्य था। बहुत देर तक वह नाले पार करने की कोई तरकीब सोचता रहा सोचता रहा लेकिन, कहीं कोई आशा की किरण दिखाई नहीं पड़ रही थी।

अब अंधेरा घिरने लगा था। उसका मन घबराने लगा। कोई दूसरा उपाय सूझ भी नहीं रहा था। बेटे का हाथ थामा और नाले के किनारे-किनारे बेटे संग धीरे-धीरे आगे बढ़ चला। मन में एक ही विचार चल रहा था कि आज किसी तरह नाला सही सलामत पार कर जाए। कुछ दूर तक किनारे-किनारे चला फिर उसे एक जगह नाले की चौड़ाई थोड़ा ज्यादा नजर आई। बेटे को वहीं किनारे खड़ा कर वह खुद पानी की गहराई थाहने धीरे-धीरे नाले में उतर गया। हाथ में सखुए की एक लंबी टहनी धर ली थी। थाह लेते हुए वह आधे नाले तक जा पहुँचा। पानी कहीं घुटने तक, कहीं कमर तक और कहीं कमर से थोड़ा ऊंचा था। हिम्मत बंध आई थी। वापस किनारे पर लौटा और बेटे को कंधे पर बैठाकर नाले में उतर गया। एक हाथ से बेटे को पकड़ा और दूसरे में टहनी थामे वह धीमे–धीमे आगे बढ़ता गया, बढ़ता गया। प्रकृति की गोद में पला बढ़ा आदमी था। प्रकृति के रोम-रोम से वाकिफ था। बाढ़ में नदी-नाले कैसे पार किया

जाए, इसकी सीख तो उसे बचपन से ही मिली हुई थी। वह पाँव को पानी के अंदर जमीन पर टिकाए हुए धीरे-धीरे आगे की ओर सरकता जा रहा था। वह जानता था, जमीन से पाँव उखड़ा कि साँसे उखड़ जाएगी। आधे नाले सुरक्षित पार कर गया। हौसला थोड़ा और बढ़ा। बेटे से कहा कि चाहे कुछ भी हो जाए मुझे मत छोड़ना और फिर थोड़ी अतिरिक्त सावधानी के साथ वह आगे बढ़ने लगा। आगे पथ का उसे थाह नहीं था। इसीलिए थोड़ी अतिरिक्त सतर्कता जरूरी थी।

आगे बढ़ता गया, बढ़ता गया और अचानक उसका पैर किसी कजरी लगे चट्टान पर जा पड़ा। संतुलन बिगड़ने लगा और फिसलकर डगमगाते हुए वह पानी में जा गिरा। पानी कमर से ऊपर बह रहा था। बेटे का हाथ अचानक छूटा और वह पानी की तेज धारा के साथ बहने लगा। सोचने-समझने का वक्त नहीं। बेटे की ओर तुरंत छलांग लगा दी। दोनों तेज धारा के साथ बहने लगे। बेटा आगे और बाप उसके पीछे-पीछे। बेटे को लपकते-लपकते वह लपक न सका और दोनों चभाक से एक गहरे गड्ढे में जा गिरे। बाप धारा के साथ आगे बह गया किन्तु, बेटा उस गड्ढे में बने पानी के भँवर में जा फँसा। भँवर के साथ गोल-गोल घेरे में वह चक्कर काटने लगा। कभी ऊपर कभी नीचे। आसपास पिताजी कहीं नजर नहीं आए। आँखों के सामने मौत के अलावे और उसे कुछ नहीं दिखाई दे रहा था। निसहाय-सा धारा के साथ भँवर में गोल-गोल चक्कर काटता रहा। जब मौत सामने हो तो पुरानी यादें स्मृति पटल पर उभर आती है। उसके दृष्टिपटल पर भी घर, स्कूल और पिताजी के साथ बीते हुए पल की कुछ यादें उभर आई। पिताजी द्वारा सुनाई गई कुछ कहानियाँ। बहादुरी वाली कथाएँ भी। सांस जब फूलने लगी तो उसने दम दिखाना शुरू किया। गोल-गोल घूम रही लहरों को चीरने की कोशिश करने लगा। उसके प्राण अगर आज कोई बचा सकता तो वह था- वह खुद। उसने जिंदगी का जंग खुद लड़ना आरंभ कर दिया। लोककथाओं के कुछ बहादुर चरित्र उसके सामने एक-एक कर उभरने लगे जिसने बड़ी-बड़ी मुसीबतों पर विजय पाई थी। वह भी उन्हीं बहादुर योद्धाओं की तरह उस भँवर से बाहर आने के लिए पूरे दम-खम से लड़ने लगा, जूझने लगा। थोड़ी सफलता मिली। वह भँवर के केंद्र से जरा परे जा पहुंचा। मगर

अब भी भँवर में धारा के साथ लंबे-लंबे घेरे में वह गोल-गोल घुम रहा था। संघर्ष जारी था। भँवर उसे केंद्र की ओर खींचने का प्रयास कर रहा था और वह भँवर के घेरे से खुद को मुक्त करने के जद्दोजहद में था। उसी समय उसे पिताजी की हाँक सुनाई दी। वह धारा के विपरीत पूरे जी-जान से बेटे की तरफ धीरे-धीरे बढ़ता आ रहा था। पिताजी को देखते ही उसका हौसला और बढ़ गया। उसने धारा के विपरीत एक जोरदार छिपाक मारी और भँवर के आखरी घेरे को तोड़ता हुआ उससे बाहर आ गया। थोड़ी राहत की सांस ली। किन्तु, पाँव अभी भी जमीन पर टिक न सका। वह तेज धारा के साथ नीचे की ओर बहने लगा। विपरीत दिशा से आता हुआ लखना आगे बढ़ा और बेटे को कसकर थाम लिया। दोनों कड़े संघर्ष के बाद उस नाले को पार करने में सफल रहे।

समय का चक्र अपनी चाल से चलता रहा। अजय अब बड़ा हो गया था। उसने कॉलेज में दाखिला करवा लिया। कॉलेज शहर में था। पहाड़ियों के बीच बसे गाँव से शहर तक का सफर तय करना बड़ा चुनौतीपूर्ण कार्य था। स्कूल के सफर में पिताजी ने साथ दिया मगर, शहर तक का सफर अब उसे खुद तय करना था। जैसे-जैसे वह बड़ा होता गया उसके सामने चुनौतियाँ भी बड़ी होती गई। किन्तु, अच्छी बात यह थी कि उनके पिताजी के हौसले अब भी उसी तरह बरकरार थे। वह दिन रात मेहनत करता और बेटे को हरसंभव उसकी पढ़ाई के सफर में सहयोग करता। कॉलेज में पहुँच गया था तो उसका खर्च भी उसी अनुपात में बढ़ गया। उसकी पढ़ाई के लिए पैसे कम पड़ जाते तो घर के एक-एक सामान गिरवी रखना आरंभ कर दिया। वैसे भी एक साधारण किसान के पास कोई जमापूंजी नहीं होती। अगर उसके पास कोई पूंजी रहती तो बस उसकी दो-चार टुकड़ी ज़मीनें, कुछ मवेशी और कृषि कार्य से जुड़े कुछ छोटे-मोटे अन्य संसाधन।

कॉलेज में दाखिला के समय घर में पूरखों की एक बैलगाड़ी थी, वह बिक गई। एक बार तो अजय ने पूरा मन बना लिया कि अब आगे की पढ़ाई वह घर के सामानों को बेचकर जारी नहीं रखेगा।

उसने कॉलेज में नामांकन से एक दिन पहले साफ कह दिया – "बाबा! मुझे घर के सामानों को बेचकर नहीं पढ़ना है। हमारे लायक अगर

यहाँ कोई काम नहीं है तो हम शहर जाकर काम ढूंढ लेंगे। कुछ कमाई करने लगेंगे तो आपका भी बोझ कम हो जाएगा। हम कमाएंगे, कुछ आप कमाएंगे और हमारी गरीबी जल्द ही दूर हो जाएगी।"

"नहीं बेटा! तुम गलत सोच रहे हो। गरीबी से जीतना इतना आसान नहीं। गरीबी हम जैसे लोगों के लिए बहुत बड़ा जंग है। इस जंग में अगर तुम जीत हासिल करना चाहते हो तो पढ़ाई को अपना ब्रह्मास्त्र बनाओ। शिक्षा ही एक ऐसा अचूक अस्त्र है, जो तुम्हें करीबी के इस महाजंग में विजय दिला सकती है।" - लखना ने बेटे को समझाया।

बेटा किसी सोच में पड़ गया। उसके मन में एक विचित्र-सी दुविधा चल रही थी। एक तरफ गरीबी के दलदल से परिवार को बाहर निकालने की चुनौती थी तो दूसरी तरफ अपनी पढ़ाई पूरी करने की ज़िम्मेदारी। दोनों उसके लिए समान महत्त्व का था। अगर पढ़ाई का दामन थामे तो घर की गरीबी उसे जीने नहीं देगी और अगर गरीबी से लड़ने जंग-ए-मैदान में उतर जाए तो जीते जी पिताजी के सपने टूटते देख नहीं सकेंगे। आखिर करें तो करें क्या?

बेटे को चिंता में डूबे देखकर लखना बोला – "बेटा! तुम्हें याद है न वो दिन, बचपन में एक बार नाला पार करते हुए जब हम दोनों नाले की तेज धारा में बह गए थे और मुझसे बिछुड़कर तुम वहाँ एक भँवर में जा फँसा था। उस तेज भँवर के केंद्र में तू जिंदगी के लिए एक बड़ा जंग लड़ रहा था और आखिरकार उस भँवर के एक-एक घेरे को तोड़ता हुआ तू उससे जंग जीतकर बाहर आ गया था। जानते हो, गरीबी भी उसी प्रकार का एक तेज भँवर है। और हम जैसे लोग उसी भँवर में फँसे हुए असहाय प्राणी। मुझमें अब वैसा दमखम, और साहस नहीं कि गरीबी रूपी भँवर के मजबूत घेरे को तोड़ सकूँ। मगर हाँ, तुझमें वह काबिलियत, वह जज्बा है कि तुम इसके घेरे को तोड़ सको। हम जैसे लोग आज भी इस भँवर के केंद्र में पड़े-पड़े परिस्थिति के इशारों पर गोल-गोल घूम रहे हैं। मगर तुम अपने दम पर इस भँवर के केंद्र से निकलकर इनके मजबूत घेरे को तोड़ता हुआ बाहर के आखिरी घेरे तक जा पहुंचा है। बस, अब एक और आखिरी ज़ोर लगाना है और गरीबी के इस भँवर जाल से तुम आजाद हो जाओगे। सदा सदा के लिए। हमारी चिंता करना छोड़ दो।हमें आदत है,

हम इसी गरीबी के भँवर में रहकर जी लेंगे। लेकिन अगर तुम इस भँवर को तोड़ने में कामयाब हो गए तो आने वाली पीढ़ी फिर कभी गरीबी के इस भँवर में नहीं फँसेगी। और अगर आज तुम किसी भावना में बहकर हिम्मत हार गए तो गरीबी का यह भँवर तुम्हें सीधे लपेटकर हमारे पास केंद्र में ले आएगा और फिर तुम भी परिस्थितियों के गुलाम बनकर रह जाओगे।

पिताजी की बात सीधे मन को बेधती हुई जाकर अजय के दिल में बैठ गई। उसने पढ़ाई पूरी करने का प्रण ले लिया। जो भी मन में दुविधाएँ थी, पिताजी की बातें सुनकर सब धुल गई। लक्ष्य साफ हो गया। पढ़ाई पूरी करना और अपने परिवार को गरीबी के भँवर से बाहर निकालना। दमखम तो उसमें था ही। लक्ष्य पाने के लिए एकलव्य की तरह वह अपनी पढ़ाई में जुट गया।

समय बीतता गया। समय के साथ अजय की पढ़ाई के लिए घर की कुछ और ज़मीनें भी बिक गई। सब मंजूर था मगर, हर हाल में लक्ष्य को पाना है। सुबह रूखा-सूखा खाकर कॉलेज के लिए वह शहर की ओर निकल पड़ता, और शाम तक भूखे-प्यासे पढ़ाई करके लौटता। शरीर सुखकर बेजान-सा हो गया था। शरीर की हड्डियाँ, पसलियाँ गिनी जा सकती थी मगर, मन में हौसला अब भी बुलंद था।

कहा जाता है कि जब आप कोई नेक मंशा लिए किसी लक्ष्य की ओर आगे बढ़ते हो तो आपकी नेकी की परख लेने के लिए रास्ते में अनेक मुश्किलें आएँगी। अगर इनका सामना करते हुए हिम्मत के साथ आगे बढ़ गए तो ध्रुवतारे की भांति सारे जग में जगमगा उठोगे और यदि मुश्किलों के सामने हथियार डाल गए तो गुमनाम होकर किसी भीड़ के अंधेरे में अपनी चमक खो बैठोगे।

अजय भी एक निहायत नेक मंशा के साथ जीवन में विकट परिस्थितियों से जंग लड़ता हुआ आगे बढ़ता जा रहा था। एक से बढ़कर एक संकट उस पर कठोर प्रहार किए जा रहा था। उसके सारे हौसलों को नेस्तनाबूद करने के लिए चुनौतियाँ उस पर टूट पड़ी थी और वह था कि डिगने का नाम ही नहीं लेता। किसी अटूट चट्टान की भांति उनके आगे अचल अटल टिका रहता।

जब वह स्नातक के दूसरे वर्ष में था तो उसकी माँ किसी गंभीर बीमारी की चपेट में आ गई। घर में कंगाली का डेरा पड़ गया था। समय पर इलाज नहीं करा सके और उसने तड़प-तड़प कर प्राण त्याग दिए। जब उसकी साँसे थम रही थी। अजय माँ के हाथ थामे वहीं बगल में बैठा बेबस, नि:सहाय अपनी आँखों के सामने उसे प्राण त्यागते हुए देख रहा था। माँ की पथरीली हो चुकी आँखों से एक करुण, हृदयविदारक चित्कार निकल रही थी कि बेटा मुझे बचा लो, मैं अभी मरना नहीं चाहती। मगर वह कुछ न कर सका। काठ बनकर उसे मरते हुए देखता रहा। कुछ पल में सबकुछ शांत पड़ गया। वह दुनिया छोड़ गई। इस घटना ने उसे पूरी तरह से तोड़ दिया था। एक महीने तक उसने न ठीक से खाना खाया और न ही वह सो पाया। रात दिन पिताजी उसे समझाता रहता। विधि का विधान है इसे कौन टाल सकता? उसका दाना-पानी यहाँ बस इतने ही दिनों का लिखा था। उसे पूरा कर वह अपनी दुनिया में लौट गई। मगर अजय का मन यह मानने के लिए तैयार ही नहीं था। वह हरदम खुद को कोसता रहता कि यदि वक्त रहते हम माँ का सही इलाज़ करवा पाते तो शायद वह हमें छोड़कर नहीं जाती। वह मरना नहीं चाहती थी। उनकी आँखों में जीने की अदम्य लालसा थी मगर, वह जी न सकी।

इस घटना के कुछ महीने बीत गए थे मगर अजय अभी भी खुद को सामान्य नहीं कर पाया था। पढ़ाई-लिखाई से मुख मोड़ लिया था। हर वक्त सदमा का बादल उसके मन में घिरा रहता। चोट इतनी गहरी थी कि पुरने का नाम ही नहीं लेती। लखना उसे भांति-भांति से समझाता किन्तु, कोई असर नहीं। उसने हिम्मत छोड़ दी और खुद किसी तरह लड़खड़ाता हुआ जीवन की गाड़ी धीरे-धीरे आगे घसीटने लगा।

उस रात न जाने ऐसा क्या हुआ कि सुबह जब अजय उठा तो बड़ा शांत था। उसने किताबें उठाई और शहर की ओर चल पड़ा। कॉलेज से पढ़ाई करके शाम को घर लौटा ठीक उसी तरह जैसे पहले किया करता था। रात को बाप–बेटे भोजन करने के लिए जब बैठा तो बेटा खुद ही बोल पड़ा – "बाबा! जानते हो, कल रात को सपने में माँ आई थी। मुझे डांटने लगी कि तुमने पढ़ाई क्यों छोड़ दी। और आगे बोली कि तुम पढ़ाई करो और अपने बाबा के सपने को जरूर पूरा करो। यहाँ मैं अपनी नई दुनिया

में बहुत खुश हूँ। तुम वहाँ अपने बाबा को हमेशा खुश रखना।"

बेटे की बातें सुनकर लखना की आँखों से आँसू भर आए।

उसने बेटे को दिलासा देते हुए अपना सिर हिला दिया।

"बाबा! अब जो भी हो आपके सपने को पूरा जरूर करूंगा।"

"हाँ बेटा! मैं जब तक जिंदा हूँ तुम पर किसी प्रकार की कोई आंच नहीं आने दूंगा। तेरी माँ के चले जाने का दुःख तुमसे कहीं ज्यादा मुझे है किन्तु, क्या करें। विधाता को यही मंजूर था। जिंदगी के आधे सफर में हमें छोड़कर चली गई।" – बोलते-बोलते वह फफक पड़ा। आँखों से झर-झर आँसू बहने लगे। दिल कलपने लगा। खुद को जैसे-तैसे ढाढ़स बंधाता रहा।

अजय कॉलेज के आखिरी साल में पहुँच गया था। जीवन सबकुछ सामान्य-सा चल रहा था। हर दिन सुबह उठता, रूखा-सूखा कुछ खा लेता और निकल पड़ता शहर की ओर। शाम को घर लौटता। थके हारे पिताजी के साथ मिलकर खाना पकाता, खाता और लालटेन की रोशनी में किताबें खोलकर बैठ जाता। आधी रात तक पढ़ाई करता और फिर खटिया लगाकर वहीं निढाल हो जाता।

आप-पास के लोगों को उनकी बेबस जिंदगी देखकर तरस आता। लखना को तो लोग यही सुझाव देते फिरते कि आगे की जिंदगी कैसे कटेगी। बेटे-बहू के भरोसे? आजकल के बेटे-बहू भी भला अपने रह गए हैं क्या? जब सिर पर विपत्ति आएगी तो अपना पल्ला झाड़ लेंगे। अभी उम्र है। हड्डी पसली मजबूत है। कोई द्वाही मिल जाएगी और समय निकल गया तो पछताते रह जाओगे। और इसी तरह के न जाने कितने सुझाव। मगर, लखना उनकी बातों में कोई रुचि नहीं दिखाता। उसका सपना तो एक ही था। बस, बेटा पढ़-लिखकर कोई अफ़सर बन जाए और गरीबी के इस भँवर से सदा-सदा के लिए मुक्त हो जाए।

उधर लोग अजय के लिए भी लड़कियों के रिश्ते लेकर आने लगे थे। उसे बहलाया-फुसलाया जाता, भांति-भांति के प्रलोभन देकर शादी के लिए राजी करने का प्रयास करता किन्तु, उसे बिलकुल बाप का ही पानी लगा था। अपना निर्णय बदलने को तैयार नहीं।

समय बीतता गया। मौसम बदलते गए। जेठ की तपती दुपहरी बीत गई। वर्षा ऋतु का आगमन हो गया था। आसमान में काले-काले मेघ मंडराने लगे थे। कभी बरस पड़ते तो कभी उमड़-घुमड़ कर चले जाते। लोग अपने-अपने खेतों में हल-बैल लेकर उतर गए थे। ग्रीष्म से झुलसी हुई धरती पर जीवन लौट आया था। हर तरफ नई-नई घास उग आई थी। गाय, बैल और भेड़-बकरियाँ उस पर लटक-लटक कर चरने लगी थी। बारिश की झमाझम बूँदें देखकर किसान गदगद हो उठता। इस वर्ष बारिश अच्छी हो रही थी। फसलों की अच्छी उपज का साफ संकेत मिल रहा था।

उस दिन सुबह बूँदा-बाँदी हो रही थी। अजय का कॉलेज में अंतिम वर्ष की परीक्षा चल रही थी। उसे तो हर हाल में शहर पहुंचना ही था। उसने मौसम की दशा भाँप ली और पिताजी के चरण छूकर जल्दी ही घर से निकल पड़ा। उधर पिताजी भी हल-बैल लेकर खेत जाने की तैयारी में लग गए। उन्होंने बैलों के आगे सानी डाल दी और खुद हल निकालने के लिए चला गया। कंधे पर हल उठाया ही था कि आसमान में एक तेज बिजली चमकी और कान के परदे फाड़ देने वाली चड़चड़ाहट की एक तीखी आवाज वहाँ गूंज उठी।

सामने एक पेड़ पर आसमान से बिजली गिरी थी। उस पेड़ की डालियों में आग धधकने लगी। आसपास के लोग पानी से भरी बाल्टी लेकर आग बुझाने दौड़े। उसी समय किसी की नज़र अपने घर के आँगन में निढाल जमीन पर पड़ा लखना पर गया। लोग उसकी ओर भागे। वह बेसुध जमीन पर पड़ा था। लोगों ने धड़कन देखी। धड़कन अभी तक चल रही थी। बिना समय गँवाए लोगों ने झटपट खटिया की डोली बनाई और उसे लादकर शहर की ओर भाग चले। किसी ने भागे-भागे जाकर अजय को भी इसकी सूचना दे दी। वह तुरंत सबकुछ भूल-भुलाकर बेतहाशा घर की ओर भागा। रास्ते में ही वे लोग उनके पिताजी को डोली में लादकर जाते हुए दिख गए। वह हाँफते हुए वहाँ पहुंचा। पिताजी की साँसे चल रही थी। उसने डोली को कंधा दिया और किसी पागल घोड़े की भांति शहर की ओर भाग चला।

पूरे पाँच दिन लगे जब लखना को होश आया। वह जिंदा तो बच गया, मगर किसी जिंदा लाश की तरह। शरीर के अधिकांश हिस्सों ने काम करना बंद कर दिया था। जब उसने आँखें खोली तो सामने ढर-ढर ढरकता लोर लिए अजय खड़ा था। बेटे को ढाढ़स बंधाने के लिए उसने हाथ उठाना चाहा मगर बेजान शरीर, हाथ तिल भर भी न हिल सका। कुछ बोलने के लिए मुँह खोलना चाहा मगर, होठ हल्के से हिलकर रह गए। अंदर आवाज की तंत्री ही मानो सुख गई हो। दम-खम खूब लगाकर देखा किन्तु गर्दन से नीचे शरीर का कोई अंग हिल न पाया।

सप्ताहभर बीत गया। भांति-भांति के तेल पिताजी के शरीर पर अजय कलपते हुए मन से मलता गया, मलता गया किन्तु, गर्दन के अलावे शरीर के किसी भी अंग में कोई हलचल आ न सकी। उसका दिल बुझता जा रहा था। अपनी नियति को कोसता रहा। सारे सपने, सारे अरमान और सारे मंसूबे मन से सदा-सदा के लिए मिट गया। अगले दिन पिताजी को अपने हाथों से भोजन करवा रहा था। उनकी यह दुर्दशा देखकर खुद को वह रोक न सका। वेदनाओं के वेग को धैर्य का बांध रोक न पाया और वह फफक पड़ा – "बाबा! मुझे माफ कर दो। आपका सपना मैं पूरा कर नहीं पाया। मुझसे गरीबी का यह भँवर टूट न सका।"

और पिताजी की बेजान बाहों पर अपना सिर रखकर फुट-फुटकर रोने लगा। लखना बेबस, बेजान-सा शून्य, निःशब्द आसमान की ओर अश्रूपूरित नजरों से देखता रहा।

अगले दिन जुआ में अपना सर्वस्व हार चुके किसी जुआरी की भांति बुझे हुए मन से अजय ने हल अपने कंधों पर उठाया और बैलों को हाँकते हुए चल दिया खेतों की ओर।

****

15

विजयी भवः कोरोना!

सम्पूर्ण पृथ्वीलोक पर हाहाकार मचा हुआ है। पूरा संसार कोरोना के भय से त्राहि-त्राहि कर रहा है। हर देश, हर प्रदेश और यहाँ तक कि हर कुनबे अपनी-अपनी सीमाबंदी में जुट गए हैं। सबसे अलग स्वयं के लिए एक सुरक्षित लक्ष्मण रेखा खींचने के लिए मजबूर हो चुके हैं। ऐसी विकट परिस्थिति में लोग अपने-अपने घरों में कैद होने को विवश हो गए हैं। शासन-प्रशासन द्वारा सामाजिक दूरियाँ जबरन बढ़ा दी गई है। कोरोना का कहर लोगों पर हर दिन चक्रवृद्धि ब्याज की दर से बढ़ता जा रहा है। कार्यालय बंद कर दिए गए। लोग घर पर व्यर्थ बैठने के लिए बाध्य हो चुके हैं। मैं भी कई दिनों से घर में बैठे-बैठे उकता गया हूँ। मन झुंझलाने लगा है। जहां देखो कोरोना... कोरोना... कोरोना...!

अचानक मन में कोई विचार कौंधा। मैं उसे लिपिबद्ध करने के लिए झटपट लैपटॉप लेकर बैठ गया। कुछ लिखने का प्रयास करने लगा। अंगुलियाँ की-बोर्ड पर जाकर अटक गईं। मन के सारे विचार मानो एकाएक लुप्त हो गए हो। मस्तिष्क किसी कोरे कागज़ की तरह एकदम खाली हो गया था। मन की ऐसी अवस्था इससे पहले कभी नहीं हुई थी। ऐसा जान पड़ रहा था मानो मस्तिष्क पूरी तरह शून्य हो चुका है। वहाँ कुछ भी अंकित नहीं है। कुछ देर पहले जो विचार कौंधा था वह भी गायब हो चुका है और उसी को लिपिबद्ध करने के लिए मैं लैपटॉप लेकर तैयार हुआ था।

अचानक एब बार फिर मस्तिष्क में कुछ हलचल हुई। बिजली की तरह कुछ कौंधा और फिर शांत पड़ गया। समझ नहीं आ रही थी कि मेरे साथ हो क्या रहा है। मन घबराने लगा था। कुछ तो गड़बड़ है। अपने स्थान से उठकर जाने का प्रयास किया परंतु, शरीर तनिक भी हिल-डुल न सका। ऐसा लग रहा था जैसे कुर्सी के साथ शरीर पूरी तरह से चिपक गया हो। मन और भयभीत हो उठा। अपनी पत्नी को हाँक देने का प्रयास किया। होठ थोड़ा-सा हिलकर रह गया। आवाज नहीं निकल पाई। ऐसा लग रहा था जैसे गले की स्वर-तंत्री सूख गई हो। मन बेचैन होने लगा। अचानक भय के मारे मेरी आँखें बंद हो गई। घुप्प अंधेरा छा गया। सबकुछ शांत। कोई ध्वनि नहीं, कोई हलचल नहीं और मस्तिष्क पूर्ण विचारविहीनता की स्थिति में। मैं आगे कुछ सोच पाता उससे पहले कानों में धीरे-धीरे कुछ अस्पष्ट ध्वनियाँ सुनाई देने लगी। ध्वनियों की परख कर उसी दिशा में अपना ध्यान केन्द्रित करने की चेष्टा करने लगा।

'ये क्या देख रहा हूँ?' अचानक से मैं चौंक पड़ा। ध्वनि आसमान के किसी दूर कोने से आ रही थी और ध्वनि जिस स्रोत से आ रही थी वहाँ मुझे कुछ अस्पष्ट मानवीय आकृतियाँ दिखाई देने लगी। मुझे खुद पर विश्वास ही नहीं हो रहा था। यह कोई सपना तो नहीं? नहीं...नहीं, यह सपना कैसे हो सकता है? अभी-अभी तो आँखें बंद हुई है। पुष्टि के लिए एक बार आँखें खोलकर मैंने देखा। हाँ, मैं तो पूरी तरह जाग्रत हूँ। आँखें एक बार फिर बंद हो गई। फिर वही दृश्य। अपनी दृष्टि पर थोड़ा ज़ोर डाला और उन धुंधली आकृतियों पर अपना ध्यान पूर्णरूप से केन्द्रित कर दिया। धीरे-धीरे दूर गगन की वे सभी मानवीय आकृतियाँ स्पष्ट होने लगी। जैसे ही वहाँ का दृश्य स्पष्ट हुआ। मैं चकित हो उठा। 'अरे! ये तो देवलोक है। यहाँ तो ब्रह्मा, विष्णु और शिवजी विराजमान हैं।' आकृतियाँ स्पष्ट होते ही उनकी आवाजें भी स्पष्ट सुनाई देने लगी। त्रिदेव लगता है किसी गहन विचार-विमर्श में मगन हैं। उनकी बातों को सुनने की मेरी उत्सुकता बढ़ गई। सारा ध्यान उधर ही केन्द्रित कर दिया और उनके बीच चल रही बातचीत को गौर से सुनने लगा।

शिवजी बड़े आवेश में लग रहे थे। क्रोध के कारण उनकी भृकुटी तनी हुई थी। उनके गले में लिपटा नाग फ़न निकालकर ज़ोर-ज़ोर से फुफकार मार रहा था। ऐसा जान पड़ रहा था मानो शिवजी के क्रोध का प्रभाव नागदेवता पर भी खूब पड़ा है। विष्णु और ब्रह्मा जी अत्यंत शांत भाव में अपने-अपने स्थान पर विराजमान थे। किन्तु, शिवजी को क्रोधित देखकर उन्हें भी चिंता होने लगी थी।

अपने क्रोध को थोड़ा नियंत्रित करते हुए शिवजी विष्णु भगवान से बोले – "प्रभू! आप जगत के पालनहार हैं और साथ ही मेरे आराध्य भी। आप इस बात से भलीभाँति परिचित हैं कि पृथ्वीलोक पर दिन-प्रतिदिन मानव अपनी मानवीयता को नष्ट करता जा रहा है। अपनी स्वार्थपूर्ति में लोग मतान्ध होते जा रहे हैं। वे स्वार्थवश धरती पर सोमदेव द्वारा सृजित वनस्पति जगत को बड़ी निर्दयता से नष्ट करते जा रहे हैं। इतना ही नहीं पृथ्वी पर मेरे निर्दोष अनुचर जीव-जंतुओं का भी क्रूरतापूर्वक वध किया जा रहा है। मानव के अत्याचार से वहाँ निवास करने वाले समस्त प्राणी जगत में हाहाकार मचा हुआ है। उनकी आत्मा की करुण पुकार सुनकर मैं विचलित हो उठता हूँ। मेरा हृदय क्रोध से भर उठता है। इच्छा होती है कि उन्हें अपने दिव्य नेत्र की ज्वाला से भस्म कर दूँ।"

विष्णुजी परिस्थिति की संवेदनशीलता को भलीभाँति जानते थे। परंतु, अभी उनका उद्देश्य सर्वप्रथम शिवजी के क्रोध को शांत करना था। वे अत्यंत संयत भाव से बोले – "हे जगतगुरु! मेरे आराध्यदेव! आप शांत हो जाइए। मैं जानता हूँ कि पृथ्वीलोक पर जो कुछ हो रहा है बिलकुल गलत हो रहा है। उन पर आपका क्रोधित होना सर्वथा उचित है। परंतु, हमें अभी अत्यंत संयम के साथ कार्य लेना पड़ेगा। आवेगवश उठाया गया हमारा एक भी अनुचित कदम सम्पूर्ण सृष्टि में भारी असंतुलन उत्पन्न कर सकता है। संसार भर में उथल-पुथल मच जाएगा। ब्रह्मदेव की यह सुंदर सृष्टि नष्ट हो जाएगी। अत्यंत परिश्रम के पश्चात इनके द्वारा ऐसी सुंदर सृष्टि का निर्माण संभव हो सका है। इसीलिए पृथ्वीलोक की वर्तमान स्थिति को देखते हुए हमें इस पर शांतिपूर्वक विचार-विमर्श करना होगा। तत्पश्चात, मानव को विनाश की ओर अग्रसर होने से रोकने के लिए जो भी उचित लगे, हम उस पर

मिलकर कदम उठाएंगे। क्यों ब्रह्मदेव, इस पर आपका क्या विचार है?"

ब्रह्माजी के अत्यंत शांत चेहरे पर चिंता के बादल घिर आए थे। वे अत्यंत दु:खित स्वर में बोले- "क्या बताऊँ प्रभू! आप तो मेरे सृजनहार हैं और आप के आदेश पाकर ही मैंने सम्पूर्ण सृष्टि का निर्माण किया था। परंतु, समय के साथ जिस प्रकार मानव में मानवता का लोप होता जा रहा है, उसे देखकर मैं अत्यंत व्यथित हूँ। मानव के हृदय में अन्य जीवों के प्रति क्रूरता बढ़ती जा रही है। पृथ्वी पर वे अपना एकाधिकार समझने लगे हैं। वे इस बात को भूलने लगे हैं कि पृथ्वी पर जीने का जितना अधिकार उन्हें है उतना ही अधिकार अन्य जीव-जंतुओं एवं वनस्पतियों का भी है। वे अपनी शक्ति के घमंड में चूर होकर वही अपराध दोहराने जा रहे हैं जो अपराध जुरासिक काल में डायनासोर ने किया था।"

ब्रह्माजी ने अपनी बातें आगे जारी रखते हुए शिवजी से बोले – "महादेव! आप अपना क्रोध त्याग दीजिए। आपको स्मरण ही होगा कि जुरासिक काल में आपने ही आदेश दिया था कि आपके किसी अनुचर को पृथ्वीलोक पर सबसे शक्तिशाली प्राणी बना दिया जाए ताकि वे वहाँ अपना शासन स्थापित कर सके। आपके आदेशानुसार मैंने डायनासोर को पृथ्वी पर सर्वाधिक शक्तिशाली प्राणी बना दिया था। समय के साथ उसकी शक्ति बढ़ती गई और उनके व्यवहार में भी परिवर्तन होता गया। जब उनका दंभ अपनी पराकाष्ठा पर पहुँच गया तो उन्होने पृथ्वी पर अन्य जीवों का संहार आरंभ कर दिया। एक समय ऐसा आ गया कि डायनासोर पृथ्वी पर अपनी प्रजाति के सिवा और किसी भी प्राणी को देखना तक नहीं चाहता था। पृथ्वीलोक पर बहुत बड़ा संकट की स्थिति उत्पन्न हो गई थी। पृथ्वी की रक्षा के लिए डायनासोर का विनाश करना अत्यंत आवश्यक हो गया था। ऐसी विकट परिस्थिति में जगत के पालनहार विष्णु जी सामने आए थे और उन्होने स्वयं मोर्चा सँभाल लिया था। अविलंब, इन्द्रदेव को बुलाकर उन्हें अपने दल बल के साथ डायनासोर को नष्ट करने हेतु पृथ्वीलोक पर भेज दिया गया था। अग्नि, वरुण, मरुत आदि देवताओं की सहायता से इंद्रदेव ने पृथ्वी पर ऐसा प्रतिकूल वातावरण उत्पन्न कर दिया कि उसमें डायनासोर का जीवित रहना असंभव हो गया और धीरे-धीरे कुछ ही वर्षों में वे पृथ्वी से विलुप्त

हो गए।"

"हाँ ब्रह्मदेव! मुझे सबकुछ भलीभाँति स्मरण है। भला उन दिनों को कैसे भूला सकता हूँ। अपने ही अनुचरों को पृथ्वीलोक पर तड़प-तड़प कर प्राण त्यागते हुए देखा था। उनका घमंड और अन्य जीवों के साथ उनके द्वारा किया गया अत्याचार ही उनके विनाश का कारण बना। फिर आप जानते ही हैं, डायनासोर का अंत होते ही पृथ्वीलोक पर एक लंबा कालखंड पूर्ण रिक्तता में गुजारा। वह काल भौमिक परिवर्तन का काल था।

पृथ्वीलोक का एकल भूखंड धीरे-धीरे ताप और दाब के कारण कई भूखंडों में विभक्त हो गए। तद्पश्चात हिम युग का आगमन हुआ। इस काल में सम्पूर्ण पृथ्वी हिमाच्छादित हो गई। वहाँ किसी प्रकार के जीव-जंतुओं का कोई अस्तित्व नहीं था। फिर इंद्रदेव की सहायता से पृथ्वी पर जीवों के नवसृजन हेतु अनुकूल परिस्थितियां बनाने का प्रयास आरंभ हुआ। मरुत और अग्निदेव के प्रयासों से वहाँ का तापमान धीरे-धीरे बढ़ने लगा। हिम की चादरें पिघलने लगी। पृथ्वीलोक के विभिन्न भूखंडों के चारों ओर महासागरों का निर्माण हुआ। कालांतर में उन्हीं महासागरों से पृथ्वीलोक पर जीवों का नवसृजन आरंभ हुआ। महासागरों में लघु वनस्पतियों का सृजन हुआ। धीरे-धीरे सम्पूर्ण पृथ्वीलोक वनस्पतियों एवं जीवों-जंतुओं से आच्छादित हो गई। जीव-जंतुओं की संख्या में तीव्र वृद्धि हो जाने के फलस्वरूप पृथ्वीलोक पर एक बार पुनः भारी अव्यवस्था की स्थिति उत्पन्न हो गई थी। उसे ठीक से सँवारने का कोई रास्ता दिखाई नहीं दे रहा था। उसी समय जगत के पालनहार विष्णु जी का आदेश आपको प्राप्त हुआ कि मानव को पृथ्वीलोक का सर्वश्रेष्ठ प्राणी बना दिया जाए। फिर क्या था, आपने मानव जाति पर अपनी सम्पूर्ण दया दृष्टि डाल दी। अतिरिक्त बुद्धिमता प्रदान करने के साथ ही उन्हें वहाँ का सर्वश्रेष्ठ प्राणी बना दिया। मानव अत्यंत तीव्र गति से प्रगति करने लगा और आज प्रगति की पराकाष्ठा पर पहुँचकर उनका मिथ्याभिमान देख लीजिए। स्वयं को संसार का सर्व शक्तिशाली एवं सर्वाधिक बुद्धिमान प्राणी घोषित कर बैठा है।" - शिव जी ने ब्रह्मा जी की बातों को आगे बढ़ाया और सृष्टि के सम्पूर्ण कालक्रम को स्पष्ट करते

हुए यह बात सार्वजनिक की।

शिवजी की बातें सुनकर मेरा दिमाग एकदम-सा घूम गया। जिस सृष्टि के विकास को जानने के लिए मैंने कई सारे पौराणिक ग्रन्थों को पढ़ डाला था। कई सारे वैज्ञानिक शोध भी पढ़ लिए थे किन्तु, कहीं भी सृष्टि के विकास का संतोषजनक उत्तर मुझे नहीं मिल पाया था। पौराणिक ग्रन्थों में सृष्टि के विकास से संबन्धित जो भी बातें वर्णित थी, उन्हें मैं शत-प्रतिशत स्वीकार नहीं कर सकता था क्योंकि; उसमें कई बातें मुझे अतार्किक एवं वास्तविकता से परे लगी थी। वैज्ञानिक शोधों के मुताबिक सम्पूर्ण सृष्टि का विकास कालक्रम के साथ स्वतः ही हुआ है। पृथ्वी पर जीवों की उत्पत्ति के लिए उपयुक्त वातावरण का निर्माण अपने आप ही समय के साथ होता गया। परंतु, इसे भी मेरा मन पूर्णतः स्वीकार करने के लिए तैयार नहीं है। मगर, आज मेरे सामने इस रहस्य से पर्दा बिलकुल उठ गया था। मेरी धारणा थी कि सृष्टि को चलाने के लिए कोई अदृश्य शक्ति जरूर कार्य करती है। यही ईश्वर है, यही शिव है, यही ब्रह्मा है और यही भगवान विष्णु हैं।

'नारायण! नारायण' का जाप करते हुए हाथ में वीणा लिये उसी समय वहाँ नारद जी का पदार्पण होता है। उन्हें देखते ही मेरे दिल की धड़कन तेज हो गई। मन में एक अदृश्य भय समा गया। आखिर, नारदजी यहाँ क्यों पधार गए? हो न हो, वे यहाँ कुछ गड़बड़ जरूर करेंगे। एक तो यहाँ ऐसे ही कोरोना के डर से लोग परेशान हैं, और वहाँ शिवजी मनुष्यों के व्यवहार से क्रोधित। ऐसे हालात में वे कुछ और गड़बड़ न कर बैठे।

"सर्वप्रथम नारद का प्रणाम स्वीकार करें, त्रिदेव!" – अपना शीश झुकाते हुए नारद जी ने सभी का अभिवादन किया। त्रिदेव के हाथ आशीष की मुद्रा में उठे और उन्हें अपने आशीष दिए।

"आओ नारद, आओ! और क्या समाचार लेकर आए हो पृथ्वीलोक से?" – विष्णु जी ने पूछा।

"नारायण! नारायण! कुछ पूछिए ही मत प्रभू! त्राहिमाम! त्राहिमाम! पृथ्वीलोक पर सर्वत्र त्राहिमाम मचा हुआ है। कोरोना का भय इस प्रकार मानव मन में समाया है कि वे अपने-अपने घरों में दुबककर बैठ गए

हैं। कल तक स्वयं को संसार का सबसे शक्तिशाली प्राणी समझने वाला मानव आज कोरोना के आगे पूरी तरह बेबस दिख रहा है। कोरोना ने पृथ्वी पर ऐसा तांडव मचा रखा है कि कुछ प्रदेशों में तो लोगों का हजारों शव प्रतिदिन उठ रहे हैं। जो मानव कल तक मानवता की दुहाई देते फिरते थे आज वे कोरोना के भय से अपने परिजनों के शवों को लेने से भी इनकार करने लगे हैं। कई कमजोर हृदय वाले मनुष्य कोरोना के भय से ही आत्महत्या तक करने लगे हैं। मानवजाति की ऐसी दुर्दशा मुझसे देखी नहीं गई प्रभु! और मैं भागा-भागा आपके शरण में चला आया।" - नारदजी ने पृथ्वीलोक का सारा वृतांत उन्हें सुना दिया।

नारदजी की बातें सुनकर मेरी उत्सुकता और बढ़ गई। कोरोना का मामला आखिरकार देवलोग तक पहुँच ही गया। अच्छा हुआ, अच्छा नहीं बहुत ही अच्छा हुआ। आज पहली बार मैंने नारदजी को कुछ भला कार्य करते हुए देखा था। उनके प्रति मन में श्रद्धा काफी बढ़ गई। कोरोना का समाचार देवलोक तक पहुँचा कर नारद जी ने मेरी चिंता कुछ कम कर दी थी। यह मामला जब देवलोक तक पहुँच ही गया तो त्रिदेव इस संकट से हमें उबारने का कोई उपाय अवश्य ढूंढ निकालेंगे। नारद जी को आज मुझे शत-शत नमन करने का मन करने लगा था।

नारद जी के मुख से 'कोरोना' का नाम सुनते ही ब्रह्मा एवं विष्णु जी के मन में कई सारे प्रश्न उभर आए थे। वे एक-दूसरे को प्रश्नातुर दृष्टि से देखने लगे। उनकी दशा देखकर ऐसा जान पड़ रहा था मानो कोरोना के बारे में सचमुच उन्हें कुछ भी ज्ञात नहीं। परंतु, दूसरी ओर नारद की बातें सुनकर शिवजी मंद-मंद मुस्करा रहे थे। उन्हें देखकर ऐसा लग रहा था मानो कोरोना के संबंध में उन्हें पहले से ही सबकुछ ज्ञात है।

"कोरोना! यह कोरोना क्या है, नारद?" – विष्णुजी ने अत्यंत उत्सुकतापूर्वक नारद जी से प्रश्न किया।

"नारायण! नारायण! आपकी लीला अपरंपार है प्रभु। जिसकी आज्ञा के बिना संसार में एक पत्ता भी नहीं हिल सकता, हवा कोई गति नहीं कर सकती तथा सागर में कोई तरंग नहीं उठ सकती आज वही त्रिकालदर्शी अनजान बनने की लीला कर रहे हैं। प्रभु! धन्य हैं आप और धन्य है आपकी लीला।" – नारद ने जवाब देते हुए कहा।

"नारद! यह तो मेरे प्रश्न का उत्तर बिलकुल नहीं है।" – विष्णु जी बोले।

"क्षमा कीजिए प्रभु! आपके इस प्रश्न का उत्तर देने का अधिकार मेरे पास नहीं है। आपकी इस जिज्ञासा को केवल और केवल देवों के देव महादेव ही शांत कर सकते हैं।" - कहते हुए नारदजी शिवजी के चरणों में नतमस्तक हुए।

मेरी उत्सुकता और बढ़ गई। मन की बेचैनी भी बढ़ने लगी। नारदजी की बातों से तो साफ लग रहा था कि कोरोना के बारे में शिवजी को सबकुछ ज्ञात है।

उधर ब्रह्मा और विष्णु जी भी उत्सुकता के साथ शिवजी के मुख की ओर देखने लगे।

शिवजी का क्रोध अब शांत पड़ चुका था। वे मंद-मंद मुस्करा रहे थे। गले में लिपटा नाग अपनी जीभ लपलपाते हुए फ़न इधर-उधर डोला रहा था। उन्हें इस प्रकार मुस्कराते हुए देखकर विष्णुजी से और रहा नहीं गया। उन्होने अपनी जिज्ञासा प्रकट करते हुए कहा – "हे जगतगुरु! कोरोना की यह कैसी लीला चल रही है पृथ्वीलोक पर? कृपया इसे स्पष्ट करने का कष्ट करें प्रभु!"

"हे जगत के पालनहार! आप स्वयं अंतर्यामी हैं। आपसे भला संसार में क्या छिपा हुआ है। आप सबकुछ जानते हुए भी कोरोना के विषय में मेरे मुख से सुनना चाहते हैं तो सुनिए प्रभु! यह कलिकाल है और इस कलिकाल में पृथ्वीलोक पर हमारा अस्तित्व किसी पौराणिक कथा का कपोल कल्पित पात्र बनकर रह गया है। ईश्वर से लोगों का विश्वास उठता जा रहा है। वे हर वस्तु को विज्ञान की कसौटी पर परखने लगे हैं। हमारा अस्तित्व भी इसी विज्ञान की कसौटी पर परखा जा रहा है। वे इस बात को भूल गए हैं कि विज्ञान मानव रचित वस्तु है और संसार ईश्वर रचित अनूठी रचना। जहां विज्ञान की सीमा समाप्त होती है वहाँ से ईश्वर की लीला आरंभ होती हैं। इतना ही नहीं, समय के साथ मानव अपने मूल स्वभाव दया, धर्म एवं सदाचार को भुलाकर लोभी, दुराचारी और निर्दयी होता जा रहा है। देवभूमि भारतवर्ष ही पृथ्वीलोक का वह हिस्सा है जहां आज भी लोगों के मन में हमारे प्रति श्रद्धा देखी जा

सकती है। परंतु, चिंता का विषय यह है कि वहाँ भी कुछ तथाकथित बुद्धिजीवी वर्ग हैं जो हमें किसी कपोल कल्पित पौराणिक कथाओं के पात्र सिद्ध करने के प्रयास में निरंतर लगे हुए हैं।"

"हाँ, महादेव! यह तो मैं भी देख रहा हूँ और यह हमारे लिए वास्तव में एक चिंता का विषय है।" - विष्णुजी ने शिवजी की बातों का समर्थन करते हुए कहा।

एक बार फिर शिवजी का क्रोध बढ़ने लगा। उनकी भौंहें क्रोध से तन गई। आँखें बड़ी-बड़ी हो गई। गले में लिपटा नाग ज़ोर-ज़ोर से फुफकार मारने लगा। वे अत्यंत क्रोधित स्वर में बोल उठे – "प्रभु! मुझे मानव से सर्वाधिक क्रोध इस बात की है कि उन्होने क्रूरता की सारी सीमाएं लांघ दी है। पृथ्वीलोक पर जी रहे मेरे निर्दोष अनुचर जीव-जंतुओं को वे बड़ी निर्ममता के साथ संहार करने लगे हैं। वहाँ जी रहे सभी जीव-जन्तु मनुष्यों के इस अत्याचार से त्राहि-त्राहि करने लगे हैं। वे अपने प्राणों की रक्षा हेतु करुण पुकार कर रहे हैं। उनकी यह पुकार सुनकर मैं शांत भला कैसे रह सकता हूँ?"

"नारायण! नारायण! आपने बिलकुल सत्य कहा है प्रभु! जानते हैं हिमालय पर्वत के उत्तर में एक भूखंड है, जिसे पृथ्वीलोक वासी चाइना के नाम से पुकारते हैं। वहाँ के लोगों ने तो आपके निर्दोष अनुचरों पर निर्ममता की सारी सीमाएं लांघ दी है। उनकी ऐसी करुण दुर्दशा को देखकर मेरा हृदय काँप उठता है। आपके सहचर सर्प एवं बिच्छू तक को उन्होने नहीं छोड़ा है। उनका भी बड़ी निर्दयता के साथ संहार किया जा रहा है। औषधि, भोजन व अन्य कई प्रयोजनों हेतु वहाँ जीव-जंतुओं का संहार किया जा रहा है। इतना ही नहीं आपके पुत्र गजानन्द के वाहन मूषक को भी उन्होने नहीं छोड़ा है। कितने निर्दयी प्राणी रहते हैं उस भूखंड पर। आपने वहाँ कोरोना को भेजकर अत्यंत उचित कार्य किया है महादेव!" – नारदजी ने अपनी बात समाप्त की।

नारद की बातें सुनकर मेरा दिल धक-सा होकर रह गया। यह तो मेरे लिए अकल्पनीय तथा अवश्वसनीय था। जिस कोरोना वाइरस के प्रकोप से विश्वभर में हाहाकार मचा हुआ है और जिसे हमने वैज्ञानिक नाम COVID 19 दे रखी है वह कोई साधारण वाइरस नहीं है। उसे तो शिवजी

ने स्वयं पृथ्वी पर किसी खास प्रयोजन के लिए भेजा है। उससे पार पाना हमारे लिए इतना सहज नहीं होगा। जब स्वयं शिवजी हमारे कुकर्मों के कारण हमें दंडित करना चाहते हैं तो भला संसार में इस संकट से हमें और कौन बचा सकता है। मेरे मन में कोरोना को लेकर डर और भी ज्यादा गहराने लगा।

ब्रह्मा और विष्णुजी के मन में कोरोना को लेकर अभी भी कई सारे प्रश्न उमड़-घुमड़ रहे थे। कोरोना लीला के पीछे शिवजी के उद्देश्यों को जानने हेतु वे अधीर थे। शिवजी ने उनकी मनोदशा भाँप ली और उनकी शंकाओं का समाधान हेतु बोले – "हे जगत के पालनहार! कोरोना को पृथ्वी पर मैंने ही भेजा है। आपको ज्ञात है कि सतयुग, त्रेता एवं द्वापर युगों में लोगों का हमारे ऊपर पूर्ण आस्था एवं विश्वास था। इसीलिए जब भी पृथ्वीलोक पर पापियों की संख्या में वृद्धि हुई एवं धर्म पर संकट आन पड़ा आपने स्वयं विविध अवतार धारण कर अथवा किसी दूत को भेजकर पृथ्वीलोक से पापियों का नाश किया और धर्म की पुनर्स्थापना की। परंतु, यह कलियुग है। पृथ्वीलोक पर मानव स्वयं को परमज्ञानी समझ बैठे हैं तथा हमें पौराणिक ग्रन्थों के काल्पनिक पात्र। अलौकिक शक्ति पर उन्हें कोई आस्था व विश्वास नहीं है। ऐसी स्थिति में यदि पापियों को दंडित करने के लिए आप कोई अवतार धारण कर वहाँ अवतरित होंगे तो आपके मानवेत्तर गुणों को देखकर वे आपको 'सुपरमेन' घोषित कर देंगे और यदि हम वहाँ अपना कोई दूत भेजकर पापियों को दंडित करना चाहेंगे तो वे उसे 'एलियन' समझकर उस पर अपना शोध कार्य आरंभ कर देंगे। इस प्रकार हमारा उद्देश्य पृथ्वीलोक पर कभी पूर्ण नहीं हो सकेगा। इसलिए एक दिन मैंने नारद को अपने पास बुलाया और इस विषय पर गहन विचार-विमर्श किया। हमारे लोक में नारद ही एक ऐसा प्राणी है जिन्हें पृथ्वीलोक की हर स्थिति का पूर्ण ज्ञान रहता है। नारद के सुझाव पर ही मैंने कोरोना नामक विषाणु का सृजन किया और उन्हें पृथ्वी पर हमारे अनुचरों के संहारकों को दंडित करने के लिए भेजा है। इसे मानव परिस्थितिजन्य कोई महामारी समझ बैठेंगे और अपने शोध कार्यों से उसके प्रसारित होने का स्रोत ढूंढ निकालेंगे। जब उन्हें ज्ञात होगा कि यह महामारी जीव-जंतुओं के संहार

से उत्पन्न हुई है तो वे स्वत: उनका शिकार बंद कर देंगे। इस प्रकार हमारा उद्देश्य भी आसानी से सध जाएगा।"

"यह तो आपकी अति उत्तम योजना है महादेव!" – इस बार ब्रह्मा जी ने शिवजी की इस योजना का समर्थन करते हुए कहा।

"नारायण! नारायण! यह योजना तो अति उत्तम है देवाधिदेव! परंतु ...?" – नारदजी कुछ कहना चाह रहे थे परंतु, बीच में ही रुक गए।

"परंतु, क्या हुआ नारद? क्या कहना चाहते हो?" – शिव जी ने नारद जी को अपनी बात स्पष्ट करने के लिए कहा।

"परंतु, क्या बताऊँ प्रभु! एक बहुत बड़ी समस्या उत्पन्न हो गई है।" – नारदजी कुछ चिंतित स्वर में बोले।

"कैसी समस्या नारद? स्पष्ट कहो।" – शिवजी ज़ोर देते हुए बोले।

"महादेव! कोरोना पृथ्वीलोक पर पहुँचते ही भ्रमित हो गया है और उसने पापियों के साथ-साथ निर्दोष मनुष्यों को भी अपना शिकार बनाना आरंभ कर दिया है।" - नारद जी ने कोरोना कांड को स्पष्ट करते हुए कहा।

मन को नारदजी की बातें सुनकर थोड़ी तसल्ली हुई। अच्छा हुआ कि पृथ्वी की वास्तविक स्थिति से उन्होने त्रिदेव को अवगत करा दिया। वरना, पापियों के साथ-साथ कई निर्दोष प्राणी भी बेवजह कोरोना की चपेट आ जाते। मन को थोड़ी राहत मिली। भगवान अब जरूर अपने भक्तों की रक्षा के लिए कोई उपाय ढूंढ निकालेंगे। एक बार तो मन हुआ कि शिवजी से कहूँ कि हे प्रभु! आप इस कोरोना का कंट्रोलिंग पावर मुझे सौंप दीजिए। फिर देखिए, कैसे इस कोरोना वाइरस का भ्रम दूर करता हूँ। इसका आक्रमण मैं सिर्फ और सिर्फ उन्हीं लोगों पर कराऊंगा जिसने इस पावन धरती को नरक बनाकर रख दिया है। मगर अफसोस, मेरी बात शिवजी तक पहुंचाए कौन?

दिल थामकर उनकी बातों को मैं एक बार फिर ध्यानपूर्वक सुनने लगा।

नारदजी की बातें सुनकर शिवजी को बड़ी चिंता हुई। वे बोले – "यह तो बहुत चिंता का विषय है नारद! यदि कोरोना को समय रहते नियंत्रित नहीं किया गया तो वह पृथ्वी पर सम्पूर्ण मानवजाति को ही नष्ट कर

देगा।"

"बिलकुल सत्य कहा आपने प्रभु! जिस तीव्रता के साथ वह पृथ्वी पर अपना पाँव पसार रहा है यदि समय रहते उसे रोका नहीं गया तो वहाँ बहुत बड़ा अनर्थ हो जाएगा। उसने पृथ्वीलोक के सैकड़ों भूखंडों पर अपना पाँव पसार लिया है और वहाँ के लोगों का जीवन को नष्ट करना आरंभ कर दिया है। पृथ्वी के उत्तरी छोर पर बसे कुछ प्रदेशों की स्थिति तो अत्यंत दयनीय हो गई है। वहाँ के लोगों में कोरोना का सामना करने का साहस भी शेष नहीं बचा है। और तो और, देवभूमि भारतवर्ष भी उसकी चपेट में आ गया है। वहाँ आपके भक्तों ने कोरोना से सुरक्षा हेतु आपकी पूजा-आराधना भी आरंभ कर दी है। हाँ, कुछ मूढ़ मनुष्य वहाँ भी निवास करते हैं जिन्होने अपने अहंकारवश कोरोना को अपना पाँव पसारने के लिए खुला आमंत्रण दे दिया है। यदि स्थिति को यथाशीघ्र नहीं नियंत्रित किया गया तो पापियों के साथ-साथ अनेक निर्दोष मानुष भी इसकी चपेट में आकर नष्ट हो जाएंगे।" - नारदजी ने स्थिति की भयावहता से सभी को अवगत कराया।

"महादेव! कोरोना से मनुष्यों की रक्षा के लिए हमें शीघ्रताशीघ्र कोई उपाय करना होगा। अन्यथा, वह पृथ्वी में सम्पूर्ण मानवजाति का विनाश कर देगा और मानवजाति के विनाश का यह उचित समय नहीं है। हाँ, यह बात सही है कि पृथ्वी पर उन्होने अपराध करना आरंभ कर दिया है और समय के साथ उनका अपराध भी बढ़ता जा रहा है परंतु, जब तक उनके पापों का घड़ा भर नहीं जाता तब तक हम उनका विनाश नहीं कर सकते हैं। यही नियति का नियम है।" - इस बार जगत के सृजनहार ब्रह्माजी ने अपनी चिंता व्यक्त करते हुए कहा।

"हाँ ब्रह्मदेव! आप बिलकुल उचित कह रहे हैं। मेरा भी उद्देश्य सम्पूर्ण मानवजाति को नष्ट करना नहीं था, बल्कि अहंकारवश जो मनुष्य पृथ्वी पर अन्य प्राणियों के लिए खतरा बन चुका था उन्हें केवल दंडित करना था। यदि समय रहते उन्हें अपनी गलती का अहसास नहीं हुआ तो उनका भी वही हश्र होगा जो जुरासिक काल में डायनासोर का हुआ था। सारे मानवजाति विलुप्ति के कगार पर पहुँच जाएंगे।" - शिवजी ने स्थिति को स्पष्ट करते हुए कहा।

“देवाधिदेव! आपने पृथ्वी पर कोरोना को भेजकर बिलकुल उचित कार्य किया है। मनुष्यों को उनके कर्मों का फल अवश्य मिलना चाहिए। वे जिस दिशा में अग्रसर होते जा रहे हैं, कोरोना जैसी विपदा का सामना उन्हें करना ही पड़ेगा। परंतु, मुझे अभी भी संदेह है। मानव जाति इतने अहंकारी हो चुके हैं कि वे इतनी आसानी से आपकी इस कोरोना लीला से कुछ सीख नहीं ले पाएंगे।” - इस बार विष्णुजी ने शिवजी के निर्णय का समर्थन करते हुए कहा किन्तु, अभी भी उनके मन में इस बात की शंका थी कि मनुष्यों को कोरोना जैसी विपदा से कोई सीख मिल पाएगी।

आज विष्णु भगवान की बातें सुनकर मैं तो अत्यंत हैरान हो गया। वे तो जगत के पालनहार हैं। उन्हें पृथ्वी पर आन पड़ी इस विपदा से सभी मनुष्यों को बचाने के बारे में विचार करना चाहिए था किन्तु, यहाँ तो वे शिवजी के निर्णयों को ही सही ठहराने में लगे हुए हैं।

“आपका संदेह उचित है जगत के पालनहार! कोरोना को पृथ्वी पर भेजने के पीछे मेरा उद्‌देश्य भी यही था कि वे इससे आवश्यक सीख लें एवं भविष्य के लिए सावधान हो जाएँ। उन्हें इस बात का ज्ञान हो जाए कि पृथ्वी पर केवल मनुष्यों का ही एकाधिकार नहीं है बल्कि, वहाँ के जल, स्थल एवं वायु में निवास करने वाले असंख्य जीव-जंतुओं एवं फूल-वनस्पतियों का भी पृथ्वी पर उतना ही अधिकार है जितना कि उनका।”

“नारायण! नारायण! आपने बिलकुल सत्य कहा महादेव! परंतु, मानव इतने अहंकारी एवं विवेकहीन हो गए हैं कि उन्हें अपने कुकर्मों पर तनिक भी पश्चाताप नहीं होता। चाइना में निवास करने वाले निर्दयी मनुष्यों को ही देख लीजिए। उनकी निर्दयता एवं धृष्टता पर अब मुझे भी बड़ा क्रोध आने लगा है। कोरोना चाइना से निकलकर अन्य प्रदेशों में अपना पाँव पसारने हेतु थोड़ा व्यस्त हुआ ही था कि वहाँ के निर्दयी लोगों ने आपके अनुचरों पर पुनः क्रूरता आरंभ कर दी। गणेश जी के वाहन मूषकों को पुनः अपना भोजन का शिकार बनाना आरंभ कर दिया। कोरोना को जब इसकी जानकारी मिली तो उसे भी वहाँ के लोगों की धृष्टता पर बड़ा क्रोध आया और उसने आपके द्‌वारा प्रदत दिव्य शक्ति का प्रयोग करते हुए ‘हंता’ नामक अपना एक अनुचर की सृष्टि कर ली है तथा उसे चाइना में पापियों को दंडित करने हेतु भेज दिया है।” - नारदजी

ने चाइना पर आनेवाली अगली समस्याओं से सभी को परिचित कराया।

अरे! ये क्या? 'हंता' भी आ गया चाइना में और मुझे खबर तक नहीं। धन्य हो चाइना वाले तुम धन्य हो! लगता है मानवजाति का सर्वनाश करने का तुमने कसम ही खा ली है। मैंने मन ही मन सोचा। किन्तु, सच में चाइना के लोगों पर आज मुझे बेहद गुस्सा आने लगा था। कितने नासमझ लोग रहते हैं वहाँ पर। अरे भई! पहले कोरोना से पूरी तरह निपट तो लो, फिर किसी और वाइरस को आमंत्रण देना। अगर तुम्हारी ऐसी ही हरकत जारी रही तो तुम्हारे चक्कर में पूरी दुनिया एक दिन तबाह हो जाएगी।

उधर, आपस में विचार-विमर्श कर देवलोक में निर्णय लिया गया कि एक बार जाकर पृथ्वीलोग की वर्तमान स्थिति की जानकारी ले ली जाए। विष्णु जी अपने वाहन गरुड, ब्रह्मा जी हंस और शिव जी बसहा पर सवार होकर आकाशमार्ग से चल दिए पृथ्वीलोक की ओर। पीछे-पीछे नारदजी भी "नारायण! नारायण!" करते हुए चल दिए।

पृथ्वीलोक में प्रवेश करते ही वायुमंडल की सीमा पर त्रिदेव ठहर गए।

पृथ्वी पर दृष्टि डाली तो यहाँ के अधिकांश भूभाग पर उन्हें सन्नाटा छाया हुआ नज़र आया। लोग कोरोना के भय से अपने-अपने घरों में दुबक कर बैठ गए थे। मानव जो खुद को धरती पर सबसे शक्तिशाली एवं बुद्धिमान प्राणी समझ बैठा था आज वही एक अदृश्य वाइरस के आगे बेबस नज़र आ रहा था। कल तक जिसने अपनी बुद्धिमता और शक्ति का दुरुपयोग कर धरती पर रह रहे अन्य प्राणियों को अपने इशारों पर नचाया और जब जी चाहा उन्हें पिंजरे में कैद कर लिया आज वही मनुष्य अपने-अपने घरों को स्वयं अपने लिए बंदीगृह बनाने के लिए मजबूर हो चुका है।

"नारायण! नारायण! आज पृथ्वीलोग का दृश्य देखकर मुझे बड़ा आनंद आ रहा है, प्रभु!" - नारदजी ने कहा।

"ऐसा भला क्यों नारद?" – विष्णु जी ने टोका।

"प्रभू! देखिए कैसा अद्‌भुत दृश्य है धरती पर। नियति का चक्र बिलकुल उलट गया है। कल तक वहाँ मानव का निरंकुश शासन चलता था और अन्य सभी जीव-जन्तु मानव के भय से त्राहिमाम-त्राहिमाम

करते फिर रहे थे परंतु, आज स्थिति बिलकुल उलट बन गई है। आज वहाँ मानव त्राहिमाम-त्राहिमाम कर रहा है और बाकी सभी जीव-जन्तु कितने निर्भीक होकर आनंदपूर्वक अपना जीवन व्यतीत करने लगे हैं। उनकी यह निर्भीकता देखकर मुझे अत्यंत आनंद की अनुभूति हो रही है।" - नारद जी ने अपना कथन पूर्ण किया।

"हाँ नारद! तुम बिलकुल सत्य कह रहे हो। आज पृथ्वी पर अपने अनुचर जीव-जंतुओं को निर्भीक देखकर मुझे भी अत्यंत प्रसन्नता हो रही है। कुछ ही दिनों में उनके क्रियाकलापों में देखो कैसी सहजता आ गई है। उनके मन में किसी प्रकार का कोई भय दिखाई नहीं देता। वे अभय होकर ऐसे विचरण कर रहे हैं जैसे पृथ्वी पर उनको अपने भाग का अधिकार मिल गया हो।" – शिवजी ने भी नारद जी के कथन का समर्थन किया।

"परंतु, मुझे एक बात की आशंका है नारद! लगता है पृथ्वीलोक के वातावरण में ही कुछ ऐसी विसंगतियाँ है, जिसके कारण वहाँ जाने वाले हर प्राणी लालची बन जाता है। मानव जाति को ही देख लो, निरा लालची हैं। उनके लालच अनंत हैं और इस बात से हम भलीभाँति परिचित हैं। परंतु, अब कोरोना को भी देख लो। उसे तो मैंने कुछ विशेष भूभाग पर अपना उद्देश्य साधने हेतु भेजा था परंतु, उसने पृथ्वी के लगभग सम्पूर्ण भूभाग पर अपना विस्तार कर लिया है। यह केवल उसके लालच का ही तो परिणाम है। इतना ही नहीं, जब उसका लालच अपनी पराकाष्ठा पर पहुँच गया तो उसने मेरी अनुमति के बिना ही वहाँ अपना एक सहयोगी 'हंता' का भी सृजन कर लिया है।" - शिवजी ने सम्पूर्ण पृथ्वीलोक का अवलोकन करते हुए कहा।

ब्रह्मा जी बहुत देर से सबकी बातें चुपचाप सुनते जा रहे थे। इस बार उन्होने शिवजी को कुछ पुरानी बातें स्मरण कराते हुए कहा – "महादेव! कोरोना की मनमानी देखकर मुझे सतयुग की एक घटना स्मरण हो आई। आपको भी स्मरण होगा भस्मासुर प्रकरण।आपसे वरदान प्राप्त करते ही वह असुर कैसे सर्वप्रथम आपको ही भस्म करने के पीछे पड़ गया था। भला हुआ कि जगत के पालनहार विष्णु जी ने संकट की उस घड़ी में मनमोहिनी का रूप धारण कर बड़ी चतुराई के साथ उस दैत्य

को उसी की शक्ति से विनाश कर दिया था। कोरोना की मनमानी एवं उसकी बढ़ती हुई शक्ति को देखकर मुझे चिंता होने लगी है कि कहीं वह भी भस्मासुर की भांति हमारे लिए संकट का कारण न बन जाए।"

"हाँ, जगतगुरु! ब्रह्मा जी ने बिलकुल सत्य कहा है और आपका यह कोरोना भी अत्यंत विचित्र प्रकार का प्राणी है। कोई ढंग का रूप-स्वरूप भी नहीं। यदि आवश्यकता पड़ी तो मैं उसके सामने मोहिनी रूप धारण कर उसे मोहित भी नहीं कर सकता।" - विष्णु जी ने जरा चुस्की लेते हुए कहा।

फिर ज़ोर-ज़ोर से ठहाका मारकर वहाँ सभी हँस पड़े। उनकी हँसी सम्पूर्ण आसमान में गुंजायमान हो उठी।

विष्णु भगवान की बातें सुनकर मैं भी अपनी हँसी रोक न सका। मुझे यह जानकार बड़ी खुशी हुई कि मज़ाक सिर्फ इंसान ही नहीं करते बल्कि, भगवान भी आपस में हँसी-मज़ाक कर लिया करते हैं। करना भी चाहिए। हँसी-मज़ाक से भला परहेज कैसा? इतने जटिल संसार को चलाते-चलाते वे भी तो आखिरकार बोर हो जाते होंगे। आपस में मज़ाक कर लेते होंगे, मन हल्का हो जाता होगा। और क्या! वैसे भी त्रिदेव को आपस में मिलने-जुलने का मौका भी तो बहुत कम मिलता होगा। एक कहाँ ब्रह्मलोक में, दूसरे छीरसागर और तीसरे तो कैलाश पर्वत पर विराजमान रहते हैं। आपस में अक्सर मिलना-जुलना कहाँ हो पाता होगा। हमारी ही हालत देख लीजिए। हम एक ही शहर में रहने वाले मित्रों से भी कई-कई महीने बाद मिल पाते हैं। इस ब्रह्मांड के इतने तुच्छ प्राणी होते हुए भी। हमें तो बस अपना ही घर-परिवार चलाना होता है फिर भी यह हाल। भगवान को तो पूरा संसार चलाना पड़ता है। इतनी व्यस्तता रहती होगी कि आपस में मेल-मिलाप का कोई संयोग बहुत बिरले ही मिल पाता होगा।

फटाफट अपने ऊटपटाँग विचारों को एक घुड़की देकर मैं उससे बाहर आया और आसमान से आ रही बातें सुनने के लिए एक बार पुनः सजग हो गया।

विष्णु भगवान इस बार मुख्य बिन्दु पर आए और उन्होने कहा – "हे जगतगुरु! मेरा विचार है कि अब कोरोना को पृथ्वीलोक से वापस बुला लिया जाए। अगर कुछ दिन और वह पृथ्वी पर रह गया तो वहाँ

की विनाशलीला अत्यंत भयंकर हो जाएगी। आप अपनी दृष्टि थोड़ा पृथ्वीलोक के उत्तरी छोर पर बसे हुए कुछ प्रदेशों पर डालिए। वहाँ की स्थिति तो अत्यंत दयनीय होती जा रही है। हजारों लोग कोरोना के कारण प्रतिदिन मृत्यु को प्राप्त कर रहे हैं। अपनों को इस प्रकार अकाल मृत्यु की आग में हवन होते देखकर लोगों की दीन मनोदशा का आप स्वयं अनुमान लगा सकते हैं। इसीलिए समय रहते हमें कोरोनालीला का यह अध्याय समाप्त कर देना चाहिए। अन्यथा, पृथ्वी पर जितना अधिक विनाश होगा, ब्रह्मदेव को पुनः सबकुछ व्यवस्थित करने में उतना ही अधिक परिश्रम करना पड़ेगा। क्यों ब्रह्मदेव? मैंने उचित कहा हैं न?"

इस बार विष्णु भगवान की बातें सुनकर मैं एकदम गदगद हो गया। उनका पालनहार का असली रूप अब सामने आया था। उनकी बातें सुनकर मुझे विश्वास होने लगा कि कोरोना का खेल अब यहाँ बहुत ज्यादा दिनों तक नहीं चल पाएगा। बहुत ही अच्छा हुआ कि हमारे देश में पाँव ठीक से जमाने से पहले ही कोरोना को पृथ्वीलोक से वापस बुला लेने की योजना बनाई जाने लगी है। मैंने एक बार पुनः अपना ध्यान आसमान से आ रही आवाज की ओर केन्द्रित कर लिया।

"हे ब्रह्मदेव! इस विषय पर आपका क्या विचार है?" – शिवजी ने इस बार ब्रहमा जी से उनकी प्रतिक्रिया जानने का प्रयास किया।

"जगत के पालनहार सही कह रहे हैं महादेव! कोरोना को यथाशीघ्र हमें पृथ्वीलोक से वापस बुला लेना चाहिए।" - ब्रह्मा जी ने भी इस पर अपना समर्थन देते हुए कहा।

अब तो कोरोना का पृथ्वी से वापस जाना लगभग तय हो गया है। बस, शिव जी के आदेश की प्रतीक्षा हो रही है। हालाँकि नारद जी की इच्छा कुछ और ही प्रतीत हो रही थी। उनके अनुसार कोरोना को अभी पृथ्वीलोक नहीं छोड़ना चाहिए था। ताकि नारद जी मनुष्यों की दुर्गति का थोड़ा और आनंद ले सके। उन्हें तो, हम मनुष्यों पर आई इस विपत्ति पर दु:ख कम किन्तु, आनंद अधिक आ रहा था। आएगा भी, उनका स्वभाव ही तो वैसा ही है। वे तो शांति में भी अशांति फैलाकर उसमें मजा लेने वाले प्राणी जो ठहरे। कभी देवों को असुरों से लड़ाया तो कभी असुरों

को मानवों से। यही तो उनका काम है। ब्रह्मदेव के इस सुंदर संसार में अशांति फैलाना। मगर, त्रिदेव के आगे भला उनका कैसे चले। मन मार कर उन्हें इस विषय पर चुप ही रहना पड़ा।

त्रिदेव की पूर्ण सहमति अंततः इस निर्णय पर बन गई कि अब कोरोना को पृथ्वीलोक से वापस बुला लिया जाए। शिवजी ने अपनी आँखें बंद की और कोरोना का आह्वान किया।

इधर, मेरी धड़कन और तेज हो गई। दिल थामकर प्रतीक्षा करने लगा कि आखिर कोरोना दिखता कैसा है? यहाँ तो आजतक किसी ने उसे अपनी आँखों से नहीं देखा है। हाँ, टेलीविज़न पर कल गाँव की एक आंटी जरूर कह रही थी कि उसने कोरोना को अपनी आँखों से देखा है। जब उससे पूछा गया कि यह कोरोना दिखता कैसा है तो उसने बड़े आत्मविश्वास के साथ कहा था कि उसका आधा हिस्सा लाल दिखता है और आधा हिस्सा नीला। लोगों ने उसके द्वारा मासूमियत से कही गई उसकी बातों का चुस्की ले-लेकर खूब मजा लूटा। मगर कोई बात नहीं, अब सारी दुनिया को मैं बताऊंगा कि कोरोना सचमुच में दिखाता कैसा है। कोरोना के रहस्य से पर्दा सबसे पहले मैं हटाऊंगा।

देखते-ही-देखते आसमान में बवंडर की तरह हवा का एक तेज झोंका आया और कोरोना शिवजी के सम्मुख उपस्थित हो गया। उस पर मेरी नज़र पड़ते ही मैं अत्यंत आश्चर्यचकित हुआ। 'बाप रे बाप! यह तो बिलकुल उसी तरह दिख रहा है जैसे हमारे टेलीविज़न पर कोरोना वाइरस के स्वरूप को दिखाया जा रहा है। उसका आकार एकदम गोल है और उसके सारे बदन पर चारों तरफ छोटी-छोटी खूँटियाँ बढ़ी हुई है। मानना पड़ेगा इस धरती के वैज्ञानिकों को। एकदम हु-ब-हु उसके स्वरूप को खोज निकाला है। कहीं कोई अंतर नहीं। शिवजी के सामने कोरोना का जैसा स्वरूप दिख रहा है उसका वही स्वरूप टेलीविज़न के न्यूज चैनलों पर बार-बार दिखाया जा रहा है। अगर कोई मामूली अंतर था तो यही कि वहाँ कोरोना के शरीर पर एक ओर छोटी-छोटी दो आँखें और एक छोटा-सा मुंह दिख रहा था। बस इतना ही फर्क था।

"मेरे सृजनहार! कोरोना का प्रणाम स्वीकार करें।" - कोरोना ने अपनी अत्यंत भारी आवाज में कहा। उसके मुख से निकली आवाज ऐसी

लग रही थी मानो वह चारों दिशाओं में प्रतिध्वनित हो रही हो।

शिवजी ने उसका अभिवादन स्वीकार किया।

"कोरोना के लिए क्या आदेश है देवाधिदेव?" – कोरोना ने उसी भारी आवाज में शिवजी से प्रश्न किया।

"कोरोना! तुम्हें यह क्या हो गया है? पृथ्वीलोक में केवल एक विशेष भूभाग पर अपनी विनाशलीला दिखाने के लिए तुम्हें भेजा गया था। परंतु, तुमने तो सम्पूर्ण पृथ्वी पर ही अपनी विनाशलीला आरंभ कर दी है।" - शिवजी ने जरा कड़े तेवर दिखाते हुए कोरोना से कहा।

"देवाधिदेव! मैं इसके लिए क्षमाप्रार्थी हूँ। पृथ्वीलोक पर मैंने सर्वप्रथम अपना कार्य आपके द्वारा निर्देशित भूभाग पर ही आरंभ किया था। परंतु, प्रारम्भ में लोगों ने मुझे अत्यंत शक्तिहीन समझकर मेरा उपहास उड़ना आरंभ कर दिया था। पृथ्वी के उत्तरी छोर पर बसे हुए कुछ प्रदेशों में तो मेरा खूब उपहास उड़ाया जाने लगा। मुझे उनके इस व्यवहार से अत्यंत क्रोध आया और मैंने अपनी शक्ति का परिचय उन्हें देना आरंभ कर दिया। अपने क्षेत्र का विस्तार करने लगा। समय बीतता गया और इसके साथ मेरी शक्ति में भी वृद्धि होती गई। जैसे-जैसे मेरी शक्ति बढ़ती गई, लोगों का भय भी मेरे प्रति बढ़ता गया। मानव को किसी चीज से पहली बार इतना भयाक्रांत देखकर मुझे अत्यंत आनंद आने लगा और मेरा लोभ भी उसी अनुपात में बढ़ता गया। आखिर मानव के बीच रहकर उसका कुछ प्रभाव तो मेरे ऊपर भी होना स्वाभाविक था। धीरे-धीरे मेरा लोभ अत्यंत प्रबल होता गया और उस पर मैं अंकुश नहीं लगा सका। अपना क्षेत्र विस्तार करता गया, करता गया और आज लगभग पृथ्वी के समस्त भूभाग पर मैंने अधिकार कर लिया है।" - कोरोना ने अपनी सफाई देते हुए कहा।

"तुम्हारे इस सत्य कथन से मैं संतुष्ट हुआ परंतु, मेरे एक और निर्देश का भी तुमने अनदेखा कर दिया है। पृथ्वीलोक पर जाने से पूर्व तुम्हें स्पष्ट कहा गया था कि वहाँ जाकर तुम केवल वैसे लोगों को दंडित करोगे जो बड़ी निर्दयता के साथ मेरे अनुचरों पर अत्याचार कर रहा है परंतु, तुमने तो असंख्य निर्दोष प्राणियों पर भी अपना प्रकोप दिखाना आरंभ कर दिया है। उनका भला क्या दोष?" – शिवजी ने इस बार कोरोना को

फटकार लगाई।

कोरोना को लगाई गई यह फटकार मुझे खुश कर गई। वह तो सचमुच में फटकार खाने लायक ही है। उसे जिस उद्देश्य के लिए पृथ्वी पर भेजा गया था, उस पर वह कायम नहीं रह सका तो फटकार खानी ही पड़ेगी। उसे कहाँ पापियों को दंडित करने के लिए भेजा गया था और उसने तो पापियों के साथ-साथ निर्दोष लोगों को भी अपना शिकार बनाना आरंभ कर दिया। शिवजी को तो क्रोध आएगा ही, और आना भी चाहिए।

"क्षमा कीजिए देवाधिदेव! पृथ्वी पर जाते ही पता नहीं कैसे मैं भ्रमित हो गया। आरंभ में मैंने उन्हें ही अपना लक्ष्य बनाया था जो अत्यंत निर्दयतापूर्वक आपके अनुचरों पर अत्याचार कर रहे थे। निर्दोषों को दंडित करने के बारे में मैंने कभी विचार भी नहीं किया था। परंतु, वहाँ समान रूप से सभी ने मेरी शक्तियों को चुनौती दी और मेरा उपहास उड़ाया था। उनके इस व्यवहार से मैं एकदम झल्ला उठा। मेरा क्रोध अत्यंत प्रबल हो गया और अत्यधिक क्रोध के कारण मेरी बुद्धि भ्रष्ट हो गई। किसी विक्षिप्त प्राणी की भांति मैं मानवजाति पर टूट पड़ा। मैंने संक्रमण का अपना दायरा बढ़ा दिया। संक्रमित व्यक्ति के संपर्क में आने से ही अब लोग संक्रमण का शिकार होने लगे हैं इससे मेरा कार्य सरल होता गया। मुझे इस कार्य में अब खूब आनंद आने लगा था। उसी समय अचानक आपका आहवान प्राप्त हुआ और मैं यहाँ उपस्थित हो गया।" - कोरोना ने अपनी स्थिति को स्पष्ट करते हुए कहा।

"यह जानकर मुझे अत्यंत प्रसन्नता हुई कि तुमसे जो भी अपराध हुआ है वह अनजाने में हुआ है। परंतु, नारद बता रहा था कि तुमने मेरी अनुमति के बिना ही वहाँ 'हंता' नामक अपने एक सहयोगी का भी सृजन कर लिया है और उसने भी पृथ्वी पर लोगों को संक्रमित करना आरंभ कर दिया है।" – शिवजी ने जरा कड़े तेवर में अपनी बात रखी।

"मेरे सृजनहार! मैं पुनः क्षमाप्रार्थी हूँ। परंतु, आपको यह जानकार अत्यंत आश्चर्य होगा कि हिमालय के उत्तर में स्थित भूखंड पर निवास करने वाले मनुष्य बेहद धूर्त, निर्दयी एवं धृष्ट किस्म के प्राणी हैं। मैंने उसी भूखंड से विनाशलीला आरंभ की थी। कुछ समय पश्चात, जब अन्य

प्रदेशों में मेरी व्यस्तता बढ़ गई तो उस भूखंड पर मेरा प्रकोप थोड़ा कम हो गया था। इसका लाभ लेते हुए उन्होने आपके अनुचरों पर अत्याचार पुनः आरंभ कर दिया। उनकी ऐसी धृष्टता पर मुझे अत्यंत क्रोध आया और आपके द्वारा प्रदत दिव्यशक्ति का प्रयोग करते हुए मैंने 'हंता' नमक अपना एक सहयोगी का सृजन कर लिया और उसे वहाँ भेज दिया। ऐसे दुष्टों को उनके कुकर्मों का दंड अवश्य मिलना चाहिए महादेव! आप निश्चिंत रहिए प्रभु! आपके आदेशानुसार मानव जाति को उनके कुकर्मों का दंड उन्हें मैं अवश्य दूंगा।" – कोरोना ने शिवजी के प्रश्नों का विस्तारपूर्वक उत्तर दिया।

"बस करो कोरोना! अब आगे क्या करना है इसका निर्णय हम करेंगे। त्रिदेव निर्णय कर चुके हैं कि अब तुम पृथ्वीलोक पर अपनी विनाशलीला समाप्त कर शीघ्र ही हमारे पास लौट आओगे। अत्यधिक क्रोध एवं बुद्धिहीनता के कारण तुमने पृथ्वी पर अनेक निर्दोष प्राणियों पर भी अपना प्रकोप दिखाया है। इसी प्रकार यदि तुम्हारी अनियंत्रित विनाशलीला वहाँ कुछ और दिनों तक चलती रही तो देवभूमि में निवास करने वाले हमारे प्यारे भक्तों पर भी संकट आन पड़ेगा और अपने भक्तों को हम भला संकट में कैसे डाल सकते हैं। अतः तुम शीघ्रताशीघ्र अपने सहयोगी सहित मेरे पास वापस कैलाश लौट आओ।" - शिवजी ने कोरोना को पृथ्वीलोक से वापस लौट आने का निर्णय सुना दिया।

शिवजी का निर्णय सुनकर मेरी जान में जान आई। जिस कोरोना के भय से हमारी जिंदगी थम-सी गई थी अब धीरे-धीरे पटरी पर लौट आएगी। कोरोना को लेकर मेरे मन में जो डर था वह शिवजी की बातें सुनकर एकाएक समाप्त हो गया।

"देवाधिदेव! कृपा करके आप थोड़े और दिनों तक मुझे पृथ्वीलोक पर रहने का अवसर प्रदान कीजिए। आपको मैं वचन देता हूँ कि अब किसी प्रकार का भ्रम मेरे अंदर प्रवेश नहीं कर सकेगा और न ही मैं क्रोधवश आपके आदेश के विपरीत कोई कार्य करूंगा। अब मेरा उद्देश्य केवल और केवल पापियों को दंडित करना रहेगा। मेरे कार्यों से किसी भी निर्दोष प्राणी को कोई क्षति नहीं पहुंचेगी। - कोरोना ने पृथ्वी पर थोड़े और दिन रहने के लिए शिवजी से आज्ञा मांगी।

उसकी बातें सुनकर मेरी चिंता एक बार फिर बढ़ने लगी। यह भी अजीब किस्म का प्राणी है। जब शिवजी ने उसे पृथ्वी छोड़ने का आदेश दे ही दिया है तो फिर एक और अवसर की जिद्द किस बात की। मेरा वश चले तो उसकी कनपट्टी पर दो इस तरह खींच के लगाऊँ कि अक्ल ठिकाने लग जाए। अपना प्रकोप से क्या हाल बना रखा है लोगों का। हमारे देश में प्रधानमंत्री द्वारा इक्कीस दिनों का लॉकडाउन तक घोषित कर दिया गया है। लोग अपने ही घरों में कैद हो गए हैं। लाखों गरीब भूखे पेट जीने के लिए मजबूर हैं। देशभर में हजारों गरीब मजदूर बेघर होकर सड़क पर आ गए हैं और कुछ नासमझ पुलिसवालों के डंडे खाने के लिए विवश हैं और यहाँ वह कह रहा है कि मुझे एक और अवसर चाहिए। मन तो कर रहा था कि चीख-चीखकर कहूँ कि हे प्रभू! इस निर्दयी को और कोई अवसर मत देना। मगर चुप रहा। मेरी आवाज वहाँ तक पहुँच ही नहीं सकती थी न।

"हे महादेव! कोरोना ने उचित ही कहा है। उसकी बातों पर एक बार विचार अवश्य किया जाना चाहिए। अभी भी पृथ्वी पर कई ऐसे निर्मम मनुष्य हैं जो आपके अनुचरों पर निरंतर अत्याचार किए जा रहे हैं। ऐसे लोगों को दंडित करने के लिए पृथ्वी पर कोरोना का कुछ और दिन रहना अति आवश्यक है।" - इस बार कोरोना की बातों का समर्थन करते हुए नारद जी ने कहा।

अपनी कुटिल चाल यहाँ एक बार फिर नारदजी ने चल दी। उनकी बातें सुनकर मुझे तो उन पर बड़ा तेज का गुस्सा आने लगा। अब मामला शांत होने के कगार पर है। कोरोना को पृथ्वी छोड़ने का आदेश भी मिल गया है और एक हैं नारदजी जो बुझती हुई आग में घी डालकर उसे फिर से दहकाने की चेष्टा कर रहे हैं। उन्हें क्या फर्क पड़ेगा? उन्हें तो यही सब करने में मजा आता है। इसीलिए तो पृथ्वी पर कोई भी अपनी संतान का नाम नारद नहीं रखना चाहता। अपनी ऐसी ही करतूतों के कारण वे यहाँ बदनाम हैं।

"नहीं नारद! अब हमारे निर्णय में कोई भी परिवर्तन नहीं हो सकता। यह त्रिदेव का निर्णय है। यदि मानवजाति कोरोना के इस प्रकरण से कोई सीख नहीं लेता है और पृथ्वी पर निर्दोष जीव-जंतुओं एवं वनस्पतियों

का अंधाधुंध विनाश करना जारी रखता है तो उसका भी वही हश्र होगा जो जुरासिक काल में डायनासोर का हुआ था। जब उनके पापों का घड़ा भर जाएगा पृथ्वी पर हम ऐसी विकट परिस्थिति उत्पन्न कर देंगे कि डायनासोर की तरह समस्त मानव प्रजाति धीरे-धीरे पृथ्वीलोक से विलुप्त हो जाएगी और फिर पृथ्वी पर सृष्टि का एक नया युग आरंभ होगा।" - शिवजी ने नारद जी से कहा।

"जैसी आपकी इच्छा प्रभु! नारायण! नारायण!"

किन्तु, कोरोना शिवजी की बातों से संतुष्ट नहीं दिख रहा था। शिवजी उसके मनोभाव को समझ गए और उसके असंतोष को दूर करने के लिए शिवजी ने कहा – "कोरोना देखो, हम अपना निर्णय तो अब परिवर्तित नहीं कर सकते हैं परंतु, तुम्हें हम इस बात की अनुमति देते हैं कि पृथ्वी पर अपनी विनाशलीला धीरे-धीरे समाप्त कर कुछ माह के अंदर ही मेरे पास वापस लौट आना।"

कोरोना के चेहरे पर प्रसन्नता एक बार फिर लौट आई। बड़े प्रसन्न भाव से उसने शिवजी को शीश झुकाते हुए आज्ञा ली – "जैसी आपकी आज्ञा देवाधिदेव! मुझे प्रस्थान करने की अनुमति दीजिए।"

"विजयी भव: कोरोना!" – कहते हुए शिवजी ने कोरोना को आशीष दिया।

कोरोना तो प्रसन्न होकर वहाँ से चला गया। परंतु, शिवजी की आखिरी बातें सुनकर मेरी प्रसन्नता गायब हो गई। मुझे तो पूरा विश्वास हो चला था कि कल से कोरोना का गेम ओवर हो जाएगा। जल्दी-जल्दी मैं यह समाचार पूरे विश्व में फैला दूंगा। लोगों को आश्वस्त कर दूंगा कि अब आपलोगों को कोरोना से घबराने की कोई जरूरत नहीं है। उसे पृथ्वी से अपना बोरिया-बिस्तर बांध लेने का आदेश मिल चुका है। अब वह किसी प्रकार का कोई प्रकोप यहाँ नहीं चला पाएगा। परंतु, शिवजी ने आखिरी क्षणों में मेरे मंसूबों पर पानी फेर दिया।

उधर कोरोना के प्रस्थान होते ही त्रिदेव भी अपने-अपने वाहनों पर सवार होकर चल दिए देवलोक की ओर। साथ ही, नारदजी "नारायण! नारायण!" करते हुए उनके पीछे-पीछे हो लिये।

मार्ग में जाते हुए ब्रह्मा जी बोले – "महादेव! आप जब भी किसी को 'विजयी भवः' कहते हैं तो मुझे चिंता होने लगती है। आपके विजयी भवः आशीष में असीम शक्ति है। मेरे मन में भय बना रहता है कि 'विजय भवः' आशीष पाने वाले प्राणी भस्मासुर की तरह कहीं आप पर ही विजय प्राप्त करने का मन न बना ले। इसीलिए 'विजय भवः' का आशीष आप किसी प्राणी को बहुत सोच समझकर ही दीजिएगा।"

ब्रह्मा जी की बातें सुनकर एक बार पुनः सभी ठहाका लगाकर हँस पड़े। धीरे-धीरे त्रिदेव की आकृतियाँ मेरी आँखों से ओझल होती चली गई।

कोरोना वाइरस जो कल तक मेरे लिए एक रहस्य बना हुआ था आज उसका सारा खेल ही मुझे समझ में आ गया। इस बात पर मुझे थोड़ी राहत मिली कि कोरोना को वापसी का आदेश मिल गया है। अभी हमारे देश में उसका प्रकोप बहुत ज्यादा नहीं बढ़ा है। अगर एक-दो महीने के अंदर कोरोना वापस जाने लगेगा तो अपना देश इस विकट परिस्थिति का सामना कुशलतापूर्वक कर सकता है। हमें बस, कुछ और दिनों तक सजग और सतर्क रहने की आवश्यकता है। मैंने अपना फेसबुक खोला और उसमें एक पोस्ट डाल दी - 'कोरोना से डरें नहीं बल्कि, बुद्धिमानी से इसका मुक़ाबला करें। संकट आता और चला जाता है। कोरोना संकट भी आया और चला जाएगा।'

देखा तो इधर सचमुच कोरोना का प्रकोप घटने लगा था। पूरे विश्व में कोरोना के मामले घटने लगे थे। हमारे देश में भी कोरोना का प्रकोप शहरों तक ही सीमित रहा और गाँव-गाँव तक पाँव पसारने से पहले ही इसकी विदाई होने लगी थी। लोगों के मन से इसका भय समाप्त होने लगा था। सिमिटी हुई दुनिया धीरे-धीरे खुलने लगी थी। लोगों का आत्मविश्वास लौटने लगा था। त्रिदेव की बातें सच होती नज़र आने लगी थी।

उसी समय पता नहीं कहाँ से दबे पाँव कोरोना ने एक बार फिर हमारे देश में दस्तक दे दी। मामले बड़ी तेजी के साथ बढ़ने लगे। लोग सजग और सतर्क हो पाते उससे पहले ही कोरोना उनको अपना शिकार बनाने लगा। देखते-ही-देखते पूरा देश इसकी चपेट में आ गया। क्या गाँव-क्या शहर हर जगह लोगों की लाशें गिरने लगी थी। मुझे समझ नहीं

आ रही थी कि आखिर ये हो क्या रहा है। कोरोना को तो लौट जाने का आदेश मिल चुका था तो फिर इसका यह नया तांडव कैसा? इसका रहस्योद्घाटन भला कौन कर सकता है? मन बेचैन था। देश की स्थिति बद से बदतर होती जा रही थी। हर तरफ त्राहिमाम-त्राहिमाम मचा हुआ था। मेरी भी नींद-चैन गायब हो चुकी थी। चिंता बढ़ गई थी। मन एकदम बेचैन हो गया था। उसी समय एक दिन अचानक मुझे आसमान में कोरोना अपने विकराल रूप के साथ देवलोक की ओर जाते हुए दिखाई दिया। उसके साथ-साथ नारद जी भी चल रहे थे। दोनों के बीच कुछ बातें भी हो रही थी। उस ओर ध्यान एकाग्र करने के बाद उनकी बातें स्पष्ट सुनाई देने लगी। नारदजी द्वारा पूछा गया कि लौटते-लौटते तुमने देवभूमि पर इतना कहर क्यों बरसाया तो कोरोना ने जवाब देते हुए कहा कि शिवजी का आदेश पाकर मैं लौट ही रहा था कि देवभूमि में कुछ लोगों ने मेरा उपहास बनाना आरंभ कर दिया। यहाँ तक कि वहाँ के कुछ लोग मेरे अस्तित्व को स्वीकार करने से ही साफ इनकार करने लगे थे। मेरे नाम से ही जहां एक ओर दुनिया भयभीत हो उठती वहीं दूसरी ओर देवभूमि में मेरा ऐसा उपहास मुझसे सहन नहीं हो सका और मैंने उन्हें अपना रौद्र रूप का परिचय दे दिया।

आगे नारदजी द्वारा पूछा गया कि अब तो पृथ्वीलोक आपके प्रकोप से मुक्त हो जाएगा न तो कोरोना ने जवाब देते हुए कहा कि फिलहाल तो मैं पृथ्वीलोक से लौट जा रहा हूँ परंतु, मेरे कुछ अनुचर वहाँ अभी भी विद्यमान है और समय-समय पर वे अपनी शक्ति का प्रदर्शन तो करते ही रहेंगे। जहां तक मेरा सवाल है तो देखते हैं आगे देवाधिदेव का क्या आदेश होता है।

उनकी आकृतियाँ धीरे-धीरे मेरी आँखों से ओझल होने लगी थी परंतु, उनकी बातें अब भी कानों में सुनाई पड़ रही थी। मेरा ध्यान उसी ओर लगा हुआ था। उसी समय कहीं से एक जानी पहचानी-सी आवाज सुनाई दी – "आज ऑफिस नहीं जाना है क्या?"

मैंने दिमाग पर ज़ोर दिया और पहचानने की कोशिश करने लगा कि आखिर यह आवाज़ कहाँ से आई। कुछ समझ पाता उससे पहले ही मेरी धर्मपत्नी ने मुझे झकझोरते हुए जागा दिया।

आँखें खुली तो देखा वह सामने खड़ी मुस्करा रही थी। आँख खुलते ही बोल पड़ी – "मिस्टर! आज इतनी देर तक कैसे सो गए? छुट्टी-वुट्टी है क्या?"

"नहीं तो" मेरे मुँह से निकला। दीवाल घड़ी पर नजर गई। सुबह के साढ़े सात बज चुके थे। झटपट बाथरूम की ओर भागा और कुछ ही मिनटों में तैयार होकर ऑफिस के लिए निकल पड़ा।

****

और अंत में ...

लिखना अच्छा लगता है। मन के भावों, विचारों व तस्वीरों को कहानी का रूप देकर उन्हें आप लोगों तक पहुँचाने में मुझे खुशी मिलती है। मैं पेशेवर लेखक होने का दावा नहीं करता। लेखन कार्य शौकिया तौर पर अपनी दिनचर्या की झोली में फ़ुरसत के कुछ पलों की इधर-उधर पिचकती हुई पुड़िया को सहेजकर उन्हें सँवारने का मेरा एक छोटा-सा प्रयास है।

उम्मीद करता हूँ, अपने कच्चे-पक्के अनुभवों से सृजित मेरी कहानियाँ आप सभी को पसंद आएगी। चयनित पात्रों के साथ आप एक जुड़ाव महसूस करेंगे। उनके दुःखों में आँसू बहाएँगे और खुशियों में शामिल होकर खिलखिलाएंगे।

आप अपनी प्रतिक्रियाएँ मुझे भेज सकते है –

govindjmt20@gmail.com
https://www.facebook.com/govind.pandit11